NARCOSES

Danses avec l'irréel

Ronald Cicurel

A Liliane avec amour

Du même auteur :

◆ La Quête de Spyridon, 2002,
Éditions Sarina, ISBN-13 : 978-1482672992
http://www.amazon.com/Quete-Spiridon-French-Ronald-Cicurel/dp/1482672995/ref=la_B00C0XMOHM_1_7?s=books&ie=UTF8&qid=1464212096&sr=1-7

◆ L'ordinateur ne digérera pas le cerveau, 2013
Editions Sarina, *ISBN-13:* 978-1482605457
http://www.amazon.com/Lordinateur-digérera-pas-cerveau-artificiels/dp/1482605457/ref=la_B00C0XMOHM_1_2?s=books&ie=UTF8&qid=1464212096&sr=1-2

◆ The relativistic brain, how it works and why it cannot be simulated by a Turing machine, 2015, with Miguel Nicolelis,
Kios Publishing, *ISBN-13:* 978-1511617024
http://www.amazon.com/Relativistic-Brain-cannot-simulated-machine/dp/1511617020/ref=la_B00C0XMOHM_1_1?s=books&ie=UTF8&qid=1464212096&sr=1-1

© 2016, Ronald Cicurel, cicurel@bluewin.ch, Montreux Suisse
ISBN. 978-1533513090

Avertissement

Ce texte a été rédigé cinq mois après que l'auteur ait subi un triple pontage coronarien effectué au CHUV (Centre Hospitalier Universitaire Vaudois) à Lausanne en décembre 2015. Suite à une série de complications, la période d'anesthésie a duré neuf jours.
Ce texte décrit, dans le désordre, quelques-unes des scènes que l'auteur a vécues pendant son séjour au CHUV, tel qu'il s'en souvient, sans les modifier ou les améliorer volontairement d'aucune manière.

Évidemment, les personnages cités ont très peu à voir avec les femmes et hommes «réels» qui ont entouré l'auteur. Ces personnages, tout comme les situations, sortent droit de l'imaginaire «narcosé» de l'auteur. Tout sort de son cerveau, mais pas à la manière d'une œuvre de fiction construite et élaborée pour transmettre une histoire et des sentiments, tout sort de façon directe, comme cela a été vécu pendant ce mois d'hôpital.

Il semble que personne ne sait comment fonctionne une anesthésie et ce qui altère nos états de conscience. Si le patient paraît endormi et incapable de ressentir de la souffrance, il est difficile d'en être certain, comme il est difficile de savoir ce qu'il est en train de vivre ou bien même s'il est en train de vivre quelque chose. Personne ne sait non plus d'où peuvent bien provenir ces «souvenirs».

Je n'ai pas changé les prénoms des gens qui apparaissent dans ces scènes de délire. Elles ne reflètent nullement l'estime et la considération que j'ai pour les «vraies» personnes qui portent le même prénom.

J'ai été extrêmement satisfait des services du CHUV, contrairement à ce que ces textes laisseraient penser.

Préface

Dans les mois qui suivirent l'opération, des centaines de scènes qui pour les autres n'avaient jamais existées ont constitué pour moi des souvenirs bien vivants et bien réels d'évènements que j'avais effectivement «vécus». Je prenais plaisir à les raconter, à remémorer les sentiments intimes qui leur étaient associés et à revoir certains des paysages grandioses que j'avais visités sous narcose. Une «étrangeté» curieuse se dégageait de l'évocation de ces scènes, comme si j'avais quelque chose d'important à y comprendre, quelque chose qui me fuyait, quelque chose que je ne pouvais mettre en mots, mais qui me hantait continûment.
Couleur: le violet lourd et parfois l'orange un peu terni
Musique : lourde, légère et ancienne, parfois symphonique
Sentiment: admiration et amour, indignation, reconnaissance
Odeur: tabac, café, vanille, eau de rose.
Je prenais plaisir à analyser ce qu'avaient été mes réactions lorsque je pouvais en passant d'une scène à l'autre sauter de la vie à la mort. De la souffrance à la contemplation. De la douleur à la paix.
Il m'a fallu ces cinq mois pour «reconstruire» mon corps qui s'était littéralement désagrégé et que je ne reconnaissais plus comme mien. Cinq mois pour remettre les choses en place, m'en refaire une image cohérente.
Cependant, je ne peux pas dire que mes souvenirs étaient des faux. J'ai vraiment vécu ces choses avec tous les sentiments,

toutes les pensées et toutes les douleurs que cela implique que d'avoir vécu par rapport à simplement avoir imaginé ou bien avoir rêvé.

J'ai craint d'oublier et de perdre le plaisir que j'ai à évoquer ces situations que j'étais seul à connaître et je me suis donc décidé à mettre certaines des scènes par écrit. J'ai choisi de le faire sans aucune adaptation en les reproduisant tel que je m'en souvenais. C'est en écrivant que j'ai réalisé combien ces situations absurdes, impossibles, hors du temps, avaient à m'apprendre une fois surmonté l'obstacle de cette impossible absurdité, il me parut que ces scènes ne sont pas moins riches en enseignement sur l'âme humaine que des récits construits, structurés et logiques.

Ce qui est écrit dans les pages suivantes a été ma réalité quotidienne. Les absurdités ne m'ont pas paru absurdes, au contraire, j'avais même à l'époque de la peine à comprendre que d'autres y voient des contradictions. Lorsque je dis avoir vécu (et non rêvé) ce que j'écris, je veux dire que j'ai ressenti les choses, j'étais baigné dans des sentiments liés aux diverses situations, j'ai goûté à la beauté de certains paysages, j'ai souffert du fait que ces infirmières ne veuillent pas reconnaître que j'étais vivant. J'ai été ému par le regard de cette fille qui m'a soigné en plein air à la montagne. J'ai compati avec la situation difficile de mon ami Pierre... J'ai rigolé de scènes impossibles. Cela ne m'a pas dérangé de passer de l'état de mort à l'état vivant et réciproquement. J'ai expliqué à ma fille Valérie, lors de l'une de ses visites quotidiennes que, le soir venu, cette salle d'hôpital se transformait en bateau à vapeur naviguant sur le lac Léman. Elle a fait semblant de me croire. Je me demandais pourquoi elle ne me croyait pas.

Il semble que la pensée délirante, la pensée narcosée, ait une vie à soi, avec ses codes et ses symboles, comme ici l'échiquier géant, mais aussi ses personnages fantasques comme le Dr B ou M. X, ou encore le propriétaire du CHUV, qui s'appuient sur des personnages de la réalité ordinaire tout en jouant un rôle totalement différent dans la construction des scènes narcosées. L'élément essentiel qui est absent est la conscience de l'écoulement du temps à long terme, cependant la pensée délirante semble bien comprendre et maîtriser à court terme les actions qu'elle génère et qui demeurent à première vue incompréhensibles pour nous.

Comme le disait le physicien John Wheeler: «*De croire que la réalité existe de manière bien définie là dehors, indépendamment de nous est une simplification utile dans les circonstances ordinaires, mais cette pensée perd tout son sens et ne peut plus être soutenue lorsqu'on y regarde de plus près.*»

Il semble aujourd'hui naturel de penser que c'est cette masse de 100 milliards de neurones et quasiment autant de cellules gliales qui produit nos sensations, nos perceptions et finalement notre réalité. Donc qu'en perturbant la chimie de cette masse, on perturbe naturellement la réalité qu'elle génère. En empêchant les sens d'agir, on réduit les contraintes imposées par l'extérieur à cette construction. Le cerveau produirait alors ces scènes narcosées sur le même modèle qu'il produit les rêves.
Cette explication a cependant un problème fondamental, une lacune explicative: comment ce monde physique, matériel de l'activité neuronale produit-il le monde mental, immatériel de la perception, de la sensation et de la cognition?

TABLE DES MATIÈRES

Avertissement 5
Préface 7
Chapitre 1: Chaque matin à huit heures cela va mieux 13
Chapitre 2: La cellule et le cerveau drogué 16
Chapitre 3 : La cicatrice en S, mon image corporelle 20
Chapitre 4 : Le banc Bertrand 25
Chapitre 5 : La salle des dernières visites 29
Chapitre 6 : Lorsque le 14 s'affichera 33
Chapitre 7 : La première visite 38
Chapitre 8 : Le réseau d'informations du CHUV 41
Chapitre 9 : Souffrir, mourir 45
Chapitre 10 : En bateau sur le lac 48
Chapitre 11 : La succursale de campagne du CHUV 51
Chapitre 12 : Je réussis à communiquer 54
Chapitre 13 : La moloheia 56
Chapitre 14 : Georges veut se faire opérer 59
Chapitre 15 : La stratégie commerciale du CHUV 61
Chapitre 16 : La cellule numéro 15 66
Chapitre 17 : Le dîner à Cagliari 70
Chapitre 18 : Le film de l'opération est sur YouTube 75
Chapitre 19 : Apprendre à boire. 78
Chapitre 20 : Enlevé par l'infirmière 82
Chapitre 21 : Sur la Gondole 85
Chapitre 22 : La visite de Paul 88
Chapitre 23 : Mes amis romains 91
Chapitre 24 : La succursale du CHUV est inondée 93
Chapitre 25 : Agriculture brésilienne 96
Chapitre 26 : Construire l'Histoire 98
Postface 101

Chapitre 1 : Chaque matin à huit heures cela va mieux

Comme chaque matin, les deux infirmiers arrivent. Ils sont habillés d'une blouse blanche, impeccable, ils ont la trentaine et un sourire ouvert et avenant. Leurs cheveux, presque noirs, sont coupés très court, une barbe de trois jours assombrit le bas de leurs visages. Il se dégage d'eux une impression de professionnalisme, de propreté et de sérieux.

- Alors monsieur Cicurel, cela va mieux ce matin!

On ne serait dire à leur ton de voix s'il s'agit d'une question ou d'une affirmation, mais le dynamisme de cette voix, son énergie débordante me confronte immédiatement à ma propre faiblesse. Même si je pouvais le faire, rien ne m'inciterait à répondre à cette voix qui appartient à une autre planète que celle où je vis en ce moment. Je la ressens comme une humiliation supplémentaire: ils savent bien que je ne vais pas répondre, que je n'ai pas l'énergie pour le faire, comment est-ce possible qu'ils n'en tiennent pas compte. Leur détermination professionnelle, volontairement provocatrice, me les rend encore plus étrangers.
La scène autour de moi se répète quotidiennement, immuablement la même. J'en suis le centre de gravité, mais j'en suis absent. Je ne peux que subir. L'un des infirmiers passe derrière mon lit et sort de mon étroit champ de vision. Je sais

qu'il s'affaire sur différents appareils médicaux auxquels des tuyaux et des fils me relient, lisant certains résultats et contrôlant le bon fonctionnement des installations. Pendant ce temps, l'autre infirmier vérifie l'extrémité opposée, celle reliée à mon corps. Il me prend la tension et la température, diminue ou augmente un débit. Les deux échangent par moment des sourires complices et entendus dont le sens m'échappe. Je ne cherche pas à comprendre, je n'ai aucun choix, je laisse faire, je suis silencieusement l'objet de tout cela. Humiliation. Et peur.

- Vous savez où vous êtes maintenant monsieur Cicurel ?

Je suis obligé de réfléchir longuement, nageant et flottant dans un vaste brouillard et je finis par ne rien dire, ne pas répondre, pas d'énergie. Humiliation. Bien sûr, je suis dans cette cellule. Je me résume, à leurs yeux, qu'à être cette déchirure de mon corps, rien de plus qu'une déchirure. Je me résume à mon ignorance des choses les plus simples. Je ne réponds pas, je refuse et ne n'arrive pas. Répondre serait comme accepter de rentrer dans cette réalité où je ne suis plus que cette infâme déchirure; incapable de bouger, cette maladie. Je ressens leur fierté de détenir le pouvoir, d'aller et de venir, de décider ce qui est bon et mauvais pour moi, de décider qui je suis finalement. Ils ont même le pouvoir suprême de se montrer compatissants et généreux:

- Vous verrez, monsieur Cicurel, vous n'aurez plus mal avec cette injection, vous vous sentirez reposé. Détendez-vous maintenant.

Le cérémonial du matin approche de sa fin. Toute cette agitation dans ma petite cellule va d'un coup se calmer. Lorsque les aiguilles de la montre incorporée au mur en face de mon lit indiqueront 8 h 15, les infirmiers s'en iront, leur travail accompli. Avec le même dynamisme, ils me souhaiteront une bonne journée et me recommanderont de sonner en cas de besoin.

Demain matin à 8 h précises la même scène se répétera, comme elle se répète depuis... toujours. Si identique à elle-même qu'elle en a totalement perdu son humanité, si identique que moi j'ai fini par disparaître pour n'être plus que le malade, la température et la tension artérielle. Si répétitif que tout cela est devenu une mécanique.

Et chaque jour, je vais mieux, c'est cela être vivant.

Chapitre 2 : La cellule et le cerveau drogué

À un mètre du pied de mon lit, en face de moi, un mur blanc. Dans le coin, en haut à ma gauche, une pendule. Elle ressemble étrangement à celles que l'on retrouve dans toutes les gares de Suisse. Un aspect familier et rassurant. Il manque cependant à celle-ci l'aiguille rouge des secondes. Le seul autre objet qui puisse attirer mon regard est une sorte de bras métallique, peint en noir et décrivant une courbe élégante qui se détache sur le blanc du mur. Pendant longtemps, j'ai été persuadé que Thierry (l'ami de ma fille) avait dessiné ce bras sur la base d'une explication qui se trouve dans l'un de mes livres. C'est lui qui l'avait placé là, comme un bibelot. Un hommage ou une moquerie.[1]

À ma gauche, un autre mur blanc et totalement nu contre lequel deux chaises sont appuyées. À ma droite un rideau en plastique blanc lui aussi. C'est par là que les infirmiers ainsi que mes rares visiteurs pénètrent dans ma cellule. Je ne sais pas encore ce qu'il y a derrière le rideau et je suis bien trop épuisé à ce moment pour me poser des questions. C'est cette fatigue qui est ma véritable prison, ce ne sont pas ces murs blancs ni même cette pendule de gare. C'est ce voile d'irréalité, de totale lassitude, alimenté par la morphine qui m'emprisonne. Sans prendre quasiment aucune référence externe, mon cerveau construit ses propres repères, donne ses propres explications,

---

[1] Plus tard je découvris que toutes les cellules étaient équipées du même bras.
[2] Cela prendra finalement des mois pour en arriver à ce but. Au

fabrique ses propres mythes, ses propres démons et ses propres craintes. Il n'a de comptes à rendre à personne, il n'a pas à obéir à de quelconques lois de la physique. Qui sait où il va parfois chercher les bribes de réalité qui lui font défaut pour construire ses mondes.

C'est ce que font les cerveaux, ils s'alimentent là dehors pour, à partir de ces briques, construire leur monde intérieur et en faire «la réalité». Mais quand leur fonctionnement est altéré, quand ce qui là dehors n'est plus perçu sous le même angle, que les repères habituels sont perdus, «le monde» que le cerveau construit peut être très différent. Fis des contradictions, fis des obligations et des contraintes de la nature, fis du savoir acquis. Mais, une fois balayée la surface, lorsque la vie et la mort se mélangent et que le corps disparaît, que reste-t-il?

Ainsi les journées passent, parfois pour moi, très actives. Je suis constamment en mouvement. Tout le temps en voyage. Des paysages défilent. Des personnes inconnues apparaissent. Des problèmes se posent et des explications se donnent, tout cela généré par mon cerveau drogué. Mais c'est là dedans que je vis ou parfois que je me vis mort. Je ne rêve pas ces voyages, ces rencontres, ces sentiments et ces pensées, je les vis (un mot manque ici pour dire vie ou mort). Dans l'incohérence: les scènes ne se raccordent pas toujours, les idées ne s'enchaînent pas logiquement, les personnages changent leur apparence et les mêmes évènements se répètent sous forme différente. Mais narcosé, je réussis facilement à lisser les choses, à oublier que j'ai déjà vécu telle situation, mais autrement. Si je suis si bien adapté parce que ce monde dérangé est mon monde. Je n'en ai pas d'autres. Si la logique usuelle ne fonctionne pas, les scènes ne manquent parfois ni de raffinement ni d'intérêt. Parfois lorsque Liliane, Valérie, Jobel ou Mathias me rendent visite je leur parle de ce qui m'est arrivé. Bien plus tard, je me rendrais compte que cela les inquiète alors je présente les choses comme de simples rêves. Mais ce ne sont pas des rêves!

Lorsqu'à 8 h mes infirmiers rentreront dans ma cellule, je ne serais pas parti, je m'y trouverais moi aussi, un jour de plus aura passé et :

- Alors monsieur Cicurel, vous allez mieux ce matin!

Je peux distinguer cette scène des autres scènes que je vis par sa régularité surprenante, par son manque de surprise et d'aventure, son côté obsédant et kafkaïen. Est-elle pour autant plus vraie? Je sais maintenant fort bien vivre dans des univers absurdes et incohérents et je m'y plais bien plus que dans la stupide régularité sans surprise et sa dose régulière d'humiliation.

Ils viennent de quitter ma cellule lorsque je me souviens d'eux, les mêmes deux infirmiers dans une scène beaucoup moins courtoise. Ils sont tous deux penchés sur moi, l'un m'enfonce ses coudes dans les poumons en appuyant de tout son poids, alors que l'autre, les deux mains disposées à plat, presse répétitivement sur mon thorax. Puis il s'éloigne, me contourne par derrière et brusquement incline fortement ma tête vers le sol. Il essaye d'introduire une épaisse canule par mes narines et je me débats de toutes mes forces. Je hurle et sursaute. C'est une réaction automatique. Je ne peux pas faire autrement que de résister à la pénétration de la canule, j'épuise le peu d'énergie dont je dispose. Eux crient aussi: je dois les laisser faire leur travail, ils crient que je dois coopérer, je dois tousser et tousser encore plus fort pour cracher tout ce que j'ai dans les poumons. Les coudes me déchirent. Plus fort, plus fort!!

- Vous devez tousser plus fort, monsieur Cicurel, plus fort que cela ou alors on ne peut rien pour vous. Plus fort je vous dis, ou alors on vous laisse là!

Et je me débats, je hurle de douleur, y laissant ce que j'ai encore de souffle. Leur pression sur ma poitrine et chaque accès de toux me déchire littéralement. J'imagine mon sternum récemment scié se rouvrir. Je les supplie d'arrêter. Mais ils continuent. Profitant d'une fraction de seconde de répit, ils réussissent à m'enfoncer la canule et à y raccorder une sorte d'aspirateur. Un peu de ce liquide jaunâtre qui me remplit les poumons apparaît dans une bouteille. Je suis en sueur.

- Ce n'est pas assez, monsieur Cicurel, il faut que tout sorte.

Et la scène se poursuit...
Au bout d'un moment je réussis à dire:

- Laissez-moi, j'abandonne, c'est trop de douleur.

La douleur écrase tout, elle est plus forte que tout, elle décentre la pensée comme un trou noir, tout finit par converger vers elle, toute réflexion lui devient consacrée, il n'y a plus de place pour autre chose. Et puis, à un moment donné, c'est trop, tout disparaît.

Je disparais, je ne suis plus.

Chapitre 3 : La cicatrice en S

Bien que les yeux fermés, je vois parfaitement cette énorme cicatrice qui me parcourt la poitrine et le ventre en y dessinant un énorme S. C'est le docteur B qui m'a ouvert. Il est assistant du professeur.
Cette cicatrice parfaitement sanguinolente est mienne sans être mienne. Je refuse de l'adopter, je ne l'intègre pas, je ne la reconnais pas, mais elle est là. Inévitable. J'ose pour la première fois passer ma main sur son tracé. J'y avais déjà songé plusieurs fois sans trouver vraiment le courage de le faire.
Avant même de la toucher, je pouvais déjà parfaitement l'imaginer, je voyais les yeux fermés ses contours et chacun des points de couture. Le toucher de ma main confirme exactement l'image que je me faisais du parcours du scalpel.
J'ai été recousu à la hâte, par une infirmière.
La couture n'a pas été faite bord à bord comme c'est habituel en chirurgie, mais à la manière dont on coud deux morceaux de tissus, en les pinçant ensemble avant de passer l'aiguille, ce qui laisse dépasser une frange de tissus au-delà du fil, dans mon cas, cette frange de peau fait un bon centimètre.
Je peux sentir du bout des doigts cette peau qui déborde, je peux sentir les fils et chaque point où l'aiguille a pénétré ma chair et laissé un trou que remplit parfois une croûte de sang. Le mouvement de ma main est timide, comme par crainte de rencontrer une horreur plus grande encore, sur son parcours; il est guidé par un mélange de curiosité et de dégoût. Ce que je

touche, c'est moi et je refuse que cela soit moi. Le toucher me donne des frissons.

J'ai du mal à m'y retrouver.

Mon corps, que je prenais pour acquis, que je ressentais comme une unité, comme un tout, s'est morcelé et par endroit il s'est dissout. Je n'arrive plus à en reconstituer les morceaux et à en faire «moi».

Je peux, en promenant ma main depuis mon cou jusqu'à la base de mon sexe, sentir la large forme en S, exactement celle que j'avais imaginée et ressentie sur mon ventre. Je répète plusieurs fois d'un mouvement lent et précautionneux le suivi de ce curieux trajet. J'essaye en vain de l'apprivoiser, de le comprendre. Pourquoi m'avoir fait cette énorme ouverture? Pourquoi lui avoir donné cette forme curieuse, tout cela pour une chirurgie cardiaque? J'en veux au Dr B de ne pas m'avoir mieux soigné et j'essaye d'imaginer pourquoi il m'a abandonné ainsi: ouvert.

Bien que l'image de ma cicatrice soit maintenant parfaitement formée et claire dans mon cerveau, je me rends bien compte au bout de quelques jours que je ne l'ai effectivement, à ce moment-là, jamais encore vue de mes propres yeux: je n'ai fait que l'imaginer et la sentir de ma main.

Autre chose me paraît tout aussi curieux dans ma perception. Où donc est le pansement? La cicatrice n'est-elle pas recouverte par un pansement? Celui-ci ne devrait-il pas m'empêcher d'en sentir les contours en passant mes doigts?

Bien entendu, je suis bien trop fatigué pour poursuivre un train de réflexions. Si je me pose des questions, je suis bien incapable d'aller imaginer des réponses. La seule chose qui m'importe, c'est de savoir si cette cicatrice en S est maintenant en train de guérir ou non. Et bien sûr, je veux à nouveau pouvoir ressentir mon corps comme une unité, un tout, un «moi[2]».

Forcément, quelque chose avait dû mal se passer lors de l'intervention. Le professeur absent, la cicatrice en S, la couture négligée de l'infirmière et cette douleur... Voici un infirmier qui se penche sur moi.

- Réveillez-vous, monsieur Cicurel, réveillez-vous.

Je suis bien trop las et fatigué pour ouvrir les paupières.

- Réveillez-vous, vous n'allez pas continuer à dormir comme cela. Vous allez avoir des visites très bientôt et il faut que vous soyez éveillé!

L'idée de recevoir des visiteurs lui plaisait, il allait pouvoir poser des questions à Liliane concernant la cicatrice, il allait pouvoir lui dire combien il était méfiant au sujet de cet hôpital et des soins qui lui étaient prodigués. Mais pour cela, il lui fallait d'abord trouver la force d'ouvrir les yeux. Et plus tard, la force de lui parler, de la convaincre. Il ne servirait à rien, pensait-il, de lui raconter ces images obsédantes de l'échiquier rouge et blanc et de cette main géante qui revenaient constamment à son esprit. Il ne servirait à rien non plus d'expliquer comment il avait perdu cette partie ni pourquoi cette partie représentait symboliquement son combat ultime contre la disparition...
Peut-être Liliane pourrait-elle le faire sortir d'ici, le ramener à la maison là où il pourrait guérir.

Je me vois de l'extérieur de moi même. Je vois juste mon visage et mes yeux vivement éclairés par des diodes blanches, ma

---

[2] Cela prendra finalement des mois pour en arriver à ce but. Au moment où j'écris, je n'y suis pas encore vraiment.

face se trouve derrière une sorte de masque d'astronaute. Des visiteurs sont là, mais je ne les vois pas. Je suis en train de disparaître. À ce moment la pensée d'une guérison possible, l'idée de redevenir comme avant ne m'effleure pas une seconde, quelque chose d'irrémédiable s'est passé. Je suis là en train de vivre mes derniers instants, je suis en train de dire adieu, je ne suis pas en train de me battre pour continuer à vivre, je ne le désire même pas. Certainement pas. Ma principale préoccupation était de laisser les choses en ordre. Je n'aurais pas voulu que qui que ce soit souffre. Il fallait que je demande à Liliane si l'argent était là, si elle avait tout en main. Il fallait que je lui explique ce que j'avais vu au CHUV et la manière dont j'étais réellement traité. Il fallait que je puisse parler à Jobel, il est avocat après tout, il saura défendre tout le monde avec justice. Voilà les pensées qui occupaient mon cerveau lorsque par instant, il émergeait un peu du brouillard.
Mais il allait plutôt s'y enfoncer dans les semaines à venir!

- Plus tard, à une autre occasion, je pus demander à Liliane si elle avait vu ma cicatrice. Je sentais que mon corps continuait à se décomposer[3]. Elle me répondit que la cicatrice était parfaite. Je répétais ma question:
- Mais tu l'as vue toi-même?
- Oui, je l'ai vue et elle est parfaite.

Évidemment, je ne pouvais pas la croire. Je sentais bien ce S énorme avec ses replis de peaux et cette couture faite à la hâte. Pourquoi donc Liliane ne disait-elle rien? Savait-elle quelque chose de ce Dr B? Savait-elle qui occupait la cellule voisine de la mienne? Savait-elle que j'étais parfaitement capable de sentir

---

[3] Les cas de patients qui n'osent pas regarder leur cicatrice sont fréquents. Un service de psychologie leur est consacré et cela peut prendre des mois, voir des années pour guérir.

de ma main chaque centimètre de la cicatrice? Voulait-elle me protéger?

Chapitre 4 : Le banc Bertrand

Une vague lueur de conscience réapparut comme si je n'émergeais de rien et de nulle part, dès que se manifestèrent les plus subtiles vibrations d'être, elles se cristallisèrent sur de fines bulles qui remontaient le long d'une paroi de verre dans un liquide jaune étincelant: c'était un verre de bière. J'avais envie d'une bière, une bonne vraie bière, bien fraîche, pas question de partir sans avoir dégusté une bière. Ma conscience élargissait progressivement son champ au-delà de l'envie de bière, je distinguais maintenant le sol carrelé en blanc d'une salle sans fenêtres. Puis mon regard se porta sur moi: je me voyais allongé sur un banc en bois habillé de ma blouse d'hôpital.
Je savais ce qu'était ce banc: le banc Bertrand. Comment donc étais-je arrivé là? Je n'en avais strictement aucun souvenir. Je n'aurais pas pu dire où je me trouvais quelques minutes auparavant, quelques minutes auparavant n'existaient simplement pas. Je venais d'émerger, mais maintenant, j'avais envie d'une bière et j'étais allongé là et je savais ce que cela voulait dire.
On m'avait parlé du banc Bertrand. On y déposait les présumés morts, au sous-sol du CHUV. Ils y restaient une heure ou deux, pour s'assurer qu'ils étaient bien décédés, qu'aucun signe de vie ne se manifestait.
Alors, me dis-je, ils pensent que je suis mort. Ils se trompent, je sais où je suis, je sais qui je suis et je suis parfaitement conscient d'être allongé sur ce banc en bois. C'est vrai que je me suis peu manifesté à l'extérieur. Il faut que je leur fasse un

signe, leur dire qu'ils se sont trompés. JE SUIS VIVANT. Comment vais-je faire, je suis si fatigué, je n'arrive ni à bouger, ni à parler.

- Mais, mais, se dit-il...

Il venait de faire une observation des plus surprenantes: il se voyait allongé sur le banc Bertrand. Il se voyait d'en haut. Pas de l'intérieur, pas depuis ses propres yeux. Ses yeux il les voyait aussi depuis dessus, clairement, ils étaient fermés.
Cette observation, la vision de son corps depuis en dessus généra en lui une émotion indescriptible, un ouragan: il était hors de son propre corps.
Il mit un grand moment à reprendre ses esprits, la tristesse le submergeait, le désorientant. Il avait quitté son corps et cela ne pouvait qu'avoir une seule signification: il devait vraiment être mort. Il ne voyait pas d'autres explications possibles. La tristesse l'avait maintenant complètement envahi. Il resta là longtemps à se regarder. Lorsque l'ouragan des sentiments commença à s'apaiser, il s'aperçut qu'en fait il se sentait vraiment bien: un bien-être velouté, sans quelconques gènes ou entraves. Sans plus aucune douleur. Seule son émotivité était exacerbée et ses sentiments à vif.
Alors, était-ce vraiment cela que d'être mort? Ce n'est pas si mal pour l'instant. Mais ce n'était certainement pas définitif.
Plein de choses se réorganisaient en lui, il n'avait jamais envisagé la mort de cette manière. Pour lui, elle ne pouvait qu'être une disparition totale, un anéantissement. Là, s'il était mort, il était, d'une certaine manière, encore «en vie» puisqu'il était conscient et conservait une certaine mémoire de choses passées. Il n'était plus son corps, puisqu'il «était» sans être dans son corps. Il sentait, sans que son corps ne sente, il pensait sans que son cerveau ne pense. Il restait lui-même, bien

que détaché de ce qu'il appelait son corps. Comment expliquer cela?

- Je vais y retourner se dit-il, je ne vais pas accepter d'être détaché de moi-même.

Un groupe d'infirmiers se rapprochait du banc Bertrand, je pouvais les voir de ma position élevée, je pouvais entendre leur conversation. J'existais. J'étais moi. Je vivais, je voyais.

Les infirmiers eux ne le voyaient pas, ils se dirigèrent vers son corps et l'un d'eux fit remarquer:

- Cela fait plus d'une heure qu'il est en observation, il n'y a plus rien à faire, quelle est la température?
- Il est bien mort. Ça baisse. Tu t'occupes de le préparer, je fais entrer le suivant.

En entendant ces paroles, la tristesse se transforma en une sensation d'injustice, de désespoir, de déchirement et de révolte.

- Je sentis des larmes me monter aux yeux et couler lentement sur mes joues…

Son corps demeurait immobile et ses yeux restèrent fermés.

- Il faut que je bouge un bras ou alors au moins un doigt, me répétais-je. C'est de cela qu'ils ont besoin pour me cataloguer vivant à nouveau.

Il y mit toute sa concentration et toute son énergie, mais rien ne se passa.

Ce corps là-dessous, avait échappé totalement à son contrôle, rien ne répondait plus. Il était là, immobile sur son banc. Les infirmiers se penchent maintenant sur lui, le soulèvent, le placent sur un brancard, le mènent sur une table de toilettage dans une salle attenante. Le corps est maintenant soigneusement préparé pour être amené à ce que les infirmiers appellent «la salle des dernières visites». Il est lavé, parfumé et habillé entièrement de blanc et ensuite disposé dans une sorte de cercueil matelassé de soie blanche lui aussi.

J'observe tout cela d'en haut, accablé par mon impuissance, je suis là, mais je n'existe pas. Je suis impossible. Je suis sans être. Je ne peux pas douter que je suis. Mais visiblement, les autres ne le croient plus.
Est-ce donc cela la mort, cette terrible injustice de ne plus pouvoir se faire entendre de ne plus pouvoir communiquer ni même faire un geste pour dire aux autres «je suis là». J'aurais préféré une mort par disparition totale.
Noyé à nouveau par la tristesse, il disparut.

Chapitre 5 : La salle des dernières visites

Dans la salle des dernières visites.

- À quelle heure arrivent les visiteurs ? demanda l'infirmière la plus âgée.
- Cela ne devrait pas tarder maintenant.
- Tu as remarqué qu'il était circoncis ? a-t-on prévenu le pasteur pour qu'il fasse le nécessaire ?
- Oui, oui, il a été prévenu ; il aura un Rabin ou un Iman, je ne sais pas trop, mais pour nous tout est en ordre.
- Hummm. Sur sa fiche il est indiqué sans confession, a-t-on demandé à sa femme ce qu'il convient de faire pour les prés cérémonies.
- Je regarde. Oups, il a trois ex-femmes et attends, une compagne, mais j'ai son numéro. On va lui téléphoner.
- Quels sont le lieu du décès et l'heure à inscrire sur le formulaire ?
- Soins intensifs, cellule 14, 20 h 05, il n'a pas survécu à l'intervention chirurgicale, voyons, triple pontage avec complications, pneumonie, pneumothorax, rupture d'anévrisme.

Les premiers visiteurs commençaient à arriver dans la salle des dernières visites pour les pré-cérémonies. Dehors il devait pleuvoir ou neiger à en croire les parapluies et les imperméables mouillés. Le cercueil était déposé sur une table circulaire en marbre au milieu de la pièce et semblait un peu perdu tant la salle était grande.

Curieusement je pouvais entendre les visiteurs, mais je ne les voyais pas vraiment, je sentais cependant leur présence et ce sentiment était assez fort pour me donner parfois l'illusion d'apercevoir le contour d'un visage ou le déplacement d'une main.

Mon «point de vue» avait partiellement réintégré mon corps, cependant mes yeux restaient clos. Cette constatation me redonna pourtant une grosse bouffée d'espoir. C'était le moment d'entreprendre quelque chose, le moment de me manifester, j'étais quasiment dans mon corps, j'allais certainement pouvoir bouger quelque chose. Avec tout le monde qui sera là dans quelques instants, on me repérera, cela ne fait pas de doute.

Je me concentrais d'abord sur ma bouche et sur mes lèvres, il fallait qu'elles bougent, cela ne devrait pas demander une énergie énorme. Je profitais de l'instant où je sentis un visiteur penché sur mon visage pour concentrer toute mon énergie sur un point précis, au milieu de ma lèvre supérieure. Je la sentis bouger, oui, victoire, elle avait bougé. Mais le visiteur ne réagit pas. Je me serais attendu à ce qu'il pousse un cri. Rien. Il n'avait rien vu.

Je refis la même manœuvre à plusieurs reprises à l'approche d'autres visiteurs, mais toujours sans résultat et sans réaction de leur part. J'étais pourtant certain d'avoir fait bouger ma lèvre, ils ne pouvaient manquer de l'avoir vue. Quelque chose ne jouait pas. Je décidais de ne pas désespérer et d'essayer plutôt d'ouvrir les yeux, cela ne pourrait pas passer inaperçu des yeux ouverts!

De toute manière, tout ceci signifiait que je ne pouvais pas être mort, les morts ne pensent pas, ils ne se préoccupent pas de leur corps. D'accord, peut-être qu'ils pensent, mais ils ne font pas bouger leurs lèvres. À moins que l'on puisse être partiellement mort? Était-ce cela, j'étais sur la voie de la mort. Mais je n'avais pas encore parcouru tout le chemin, j'arrivais à

faire encore certaines choses que font les vivants, mais pas tout.
Un nouveau visiteur s'approchait, celui-là j'arrivais à le voir très clairement: il portait un drap blanc drapé autour de lui et une kippa sur la tête. Lorsqu'il s'avança, les autres visiteurs reculèrent un peu comme pour lui donner de la place pour son activité. Il avait un gobelet à la main qu'il posa sur le rebord du lit-cercueil, bien en évidence. Il fouilla dans sa poche, en sortit une pièce de monnaie qu'il déposa dans le gobelet en murmurant quelque chose sur un ton monocorde. J'y vis un mauvais présage.
D'autres visiteurs se pressaient maintenant autour de mon corps pour pouvoir mettre eux aussi leurs piécettes dans le gobelet et chacun marmonnait ensuite quelque chose. On me faisait l'aumône. Sans vraiment me regarder. Quand chacun eu versé sa contribution, le propriétaire du gobelet s'avança. Fit quelques révérences, un signe de croix[4] et ramassa le gobelet et son contenu en déclamant:

- Souhaitons donc longue vie à ce mort.

Parmi les visiteurs qui avaient défilé, je n'avais reconnu personne. Pas un de mes proches n'était venu pour cette visite rituelle aux morts, cette pré-cérémonie.
Maintenant, les dernières personnes étaient en train de quitter la salle des dernières visites. Personne n'avait remarqué les mouvements de ses lèvres, quand aux yeux, ils étaient restés inexorablement fermés. Les visiteurs étaient venus voir un mort et ils avaient vu un mort.

- Où donc étaient mes enfants, Liliane, ma sœur, où étaient mes amis?

---

[4] Curieux, curieux

La salle s'était vidée et les lumières s'étaient éteintes, il restait là, seul. Dehors, la neige tombait abondante, annonçant un magnifique Noël blanc.

Chapitre 6 : Lorsque le 14 s'affichera

Les jours se ressemblent tous. Cela fait si longtemps que je suis dans cet état que je ne saurais définir. Je flotte, je disparais, je suis, sans être. Je saute des épisodes, le temps long n'a sur moi aucune prise, il ne s'organise pas une étape après l'autre, les cartes sont mélangées autrement à chaque réveil de la conscience. Et s'il y a une continuité lors d'un épisode, il n'y a pas d'ordre global pour arranger les scènes. La logique n'a aucune prise, tout est possible. Tout est créé par mon cerveau sans quasiment de contraintes externes.
En ce moment, je me retrouve derrière un énorme échiquier[5] dont les cases sont rouges et blanches. Il flotte et me semble incliné vers l'un de ses sommets. Tout le reste de cet endroit est noir. Je déplace une pièce, un énorme écran digital apparaît alors au-dessus de l'échiquier et s'éclaire en affichant un nombre en diodes lumineuses. Mon regard est figé sur cet écran lorsque du fond noir environnant sort une main géante, mais squelettique, le poing fermé elle déplace une tour sur l'échiquier. La scène disparaît.
Et me voilà sombrer à nouveau dans cet état de non-existence, je me suis dissout. Plus tard, je resurgis devant le même échiquier, incliné de la même manière dans cet environnement noir. La scène se répète, identique à elle-même, sauf que cette

---

[5] Ce même échiquier se retrouve dans de nombreuses scènes, il doit être important car il assure une certaine continuité.

fois-ci, je pousse un autre pion et que c'est un autre nombre qui s'affiche lumineux sur l'écran.

Il se peut qu'entre deux séquences face à l'échiquier, d'autres scènes sans aucun rapport soient intervenues. Par exemple celle du Dr B. discutant avec Mr X., comment donc pourrais-je expliquer cela à Liliane? Ce sera trop dur, tout est si embrouillé, si disparate et pourtant si connecté. Tout paraît si illogique, il faut tout appréhender ensemble pour en recoller les morceaux. Recoller partiellement entraîne forcément sur de fausses pistes. Et pourtant, comment recoller sans d'abord recoller partiellement? La vie s'est développée pour maîtriser des échelles de temps courts et des situations aux contours bien cernés[6] permettant une appréhension globale. Et voilà que pour expliquer il faut sauvagement décomposer les touts.

Mais ici, qui donc pousse les pions? Pourquoi donc un échiquier? À qui appartient cette main? Pourquoi ne se montre-t-il pas? Il serait plus simple de qualifier cela de délire que de chercher à comprendre.

Me voici à nouveau dans le noir devant l'échiquier. C'est à mon tour de jouer. Je me concentre, je veux faire cette fois-ci un mouvement significatif. Je me «réveille» un peu plus, ma conscience se cristallise:

- Ce jeu d'échecs n'est qu'un simulacre, ce n'est qu'une version compréhensible d'une réalité sous-jacente cachée, il résume ce qui dans la version intégrale m'échapperait définitivement. Je ne dois pas, pour jouer de manière significative, utiliser la logique des échecs, elle ne m'offre aucune chance de l'emporter dans la véritable partie.

---

[6] Disparates et illogiques du point de vue ordinaire, les scènes de la narcose ont leur propre cohérence.

Si je ne comprends pas les règles de ce jeu, je dois peut-être alors m'efforcer de comprendre pourquoi la même scène se répète encore et encore.

- Je dois comprendre s'il y a une vraie différence entre la vie et la mort du point de vue du mort. Une différence n'apparaît peut-être que du point de vue du vivant.

Et si je refusais de jouer? Je ne bougeais pas, je ne faisais rien. J'attendais de voir si mon adversaire sort alors de l'ombre, s'il proteste, s'il se découvre. Et alors l'écran géant indiquera-t-il un nombre plus compréhensible?
Tout le contraire se produit.
Voilà que ma main s'avance seule et voilà que j'opère avec mon fou un mouvement ridicule et suicidaire qui me met délibérément en grave péril.

- Ce n'est pas moi qui joue, pensais-je. Cela joue tout seul et je ne suis qu'un rouage, ça joue et j'ai l'illusion de participer. Mes soi-disant décisions ne sont guères plus que des enregistrements a posteriori d'évènements dont la véritable source est ailleurs.

Je crois décider, mais cela joue tout seul. Tout seul les honneurs ou les déchéances, tout seul la gloire ou les humiliations, tout seul la richesse ou la pauvreté, nous n'y sommes pour rien, nous arrivons après coup.

Au-dessus de l'échiquier, après ce mouvement stupide de mon fou et comme à chaque foi, l'écran géant s'allume. Mais cette fois-ci j'ai réussi à provoquer quelque chose, une longue phrase s'éclaire:

«Lorsque le numéro 14 s'affichera, tu pourras choisir de rester et continuer le jeu ou alors quitter cette prison pour partir vers d'autres horizons. Tu auras 60 secondes pour décider, pas une de plus. Note bien que le 14 s'affiche chaque 10 puissance 100 mouvements gagnants.»

Je n'ai pas le temps de lire une seconde fois, l'écran s'est déjà éteint. Comme il se doit, la main squelettique géante sort alors du noir, hésite, touche d'abord la reine noire, ce qui m'aurait mis en péril définitif, puis se ravise et avance son roi. Puis soudainement, d'un geste brusque, renverse toutes les pièces de l'échiquier.

Des chiffres inscrits en caractères romains apparaissent sur les cases des pions renversés, une sirène d'alarme se met en marche, me déchirant les oreilles, des lumières rouges clignotent, l'écran géant s'allume et affiche 14.

D'un coup je me retrouve au sommet d'une colline perché sur le dos d'un dromadaire dans le Sahara libyen qui s'étend à perte de vue sous mes yeux, baigné d'un soleil couchant orangé. Le silence après la sirène est assourdissant. Les ombres portées de dunes dessinent un spectacle magnifique, décrivant des courbes noires incroyables sur le sol jaunasse.

Près de moi, légèrement en retrait, ma sœur Janine est assise sur un deuxième dromadaire. Son regard est fixé sur l'immensité. Elle a l'air de savoir où nous sommes. Elle a l'air de savoir où nous allons. Et nous avons l'air d'y aller ensemble. L'air est frais et revigorant au seuil de cette nouvelle existence, Janine et moi nous nous emmenons l'un l'autre comme unique souvenir du passé. C'est ma sœur, je suis son frère et donc tout est redevenu bien. S'il y a eu des douleurs, elles sont restées de l'autre côté. Ici le désert est pur. Ici le désert est immense et même les ombres noires sont belles, franches et nettes.

Je respire profondément. Je ferme les yeux.

En les rouvrant, je me retrouve dans le noir, face à l'échiquier. Les pièces sont disposées comme au début d'une nouvelle partie. L'écran est allumé: «Vous avez renoncé à un nouveau départ. Le prochain 14 s'affichera dans environ 10 puissance 100 mouvements gagnants.»

Je commence à disparaître. Juste le temps d'apercevoir la main géante avancer son premier pion noir.

Est-ce la vie? Est-ce la mort?

Chapitre 7 : La première visite

Les visiteurs devaient bientôt arriver. Je ne bougeais pas[7], je sentais que ces infirmiers s'activaient autour de moi, me lavaient, vérifiaient le réglage de certaines machines et finalement, après m'avoir ajusté une sorte de casque d'astronaute, me transportèrent dans une salle attenante, presque obscure. J'étais assis au bout d'une table noire, protégé par mon espèce de scaphandre, quelques diodes éclairaient mon visage. La partie déchiquetée de mon corps n'était pas apparente et se dissimulait sous la table noire. Probablement pour ne pas effrayer mes visiteurs, pensais-je. Les leds devant mes yeux, l'obscurité de la salle m'empêchaient de voir quoi que ce soit dans l'espace autour de la table.
Tout était prêt visiblement pour cette première visite officielle de la famille après l'intervention. Un infirmier élégamment habillé en tenue de service d'ordre du CHUV s'approcha de moi et m'annonça, non sans une certaine solennité que la visite se ferait en deux groupes qui disposeront d'une durée de 3 et 2 minutes respectivement, chacun des groupes comportant deux visiteurs. La place d'honneur était à ma droite. Tous les participants avaient payé le petit supplément leur donnant le droit de me tenir la main. Liliane et Valérie avaient accédé au groupe numéro un, Sylvie et Sarina au groupe numéro deux.

---

[7] Probablement que je me vante un peu, j'étais simplement pas en état de bouger.

Le nouveau propriétaire du CHUV avait instauré un système de tarifs visiteurs dégressif en fonction du rang des groupes.

Ces revenus servaient, paraît-il, à réduire les coûts des interventions et étaient encouragés par les assurances.

Je sentis ma fille Valérie me tenir la main gauche, puis peu de temps après, Liliane me prit la main droite. Je ne les voyais pas, mais pouvais sentir la pression de leurs mains et entendais leurs voix. Par moment, j'avais même l'impression de comprendre leurs paroles. Tout ce cérémonial m'impressionnait, je ne savais pas tellement comment jouer convenablement mon rôle, j'aurais voulu que cette visite se passe avec plus de simplicité. Liliane me dit que l'opération s'est très bien passée. Je ne pouvais pas répondre, mais lui serrais la main pour indiquer que j'avais compris. Mon vocabulaire se limitait à un seul mot : oui.

Mille idées confuses défilaient dans ma tête: pourquoi ont-ils préparé une telle cérémonie? Pourquoi tant de solennité et de réglementation? Probablement que les choses ne se sont pas passées comme prévu! Je revoyais le damier rouge et blanc, les chiffres romains gravés en or sur les cases blanches qui apparaissaient lorsqu'un pion était déplacé. Il venait de s'y dérouler une partie et j'avais perdu. L'écran géant débitait une succession de nombres. Comment Liliane pouvait-elle me dire que tout s'était bien passé? Était-ce un code que je devrais déchiffrer? Croyait-elle les bobards de ces infirmiers en blouse blanche et au crâne rasé du CHUV? Se laissait-elle berner par la mise en scène? Valérie me parlait aussi, mais je n'arrivais pas à comprendre ses mots, je lui serrais quand même la main, fortement, à plusieurs reprises. Je ressentais une énorme reconnaissance qu'elles soient venues me voir et une énorme tristesse de ne pas pouvoir l'exprimer. Les trois minutes étaient passées, l'infirmier du service d'ordre avait ouvert une porte quelque part sur ma droite et indiquait la sortie. Voilà déjà que le deuxième groupe s'installait autour de la table noire. Sylvie et Sarina (ma plus jeune fille) me sourirent. Je serrais leurs mains en guise de sourire en retour. Je compris que Sarina me parlait de son travail de préparation du bac, par contre je n'arrivais pas à comprendre ce que me disait Sylvie. Arrivé à ce point ma fatigue était tellement profonde que je commençais à disparaître. Je quittais la cérémonie.

Chapitre 8 : Le réseau d'informations du CHUV

Le CHUV est un hôpital ultra moderne. Il a des antennes partout en Suisse et même en Europe. Son réseau d'informations, auquel tout le personnel et tous les patients sont reliés enregistre tout : les données médicales, l'alimentation, les déplacements, les conversations téléphoniques... Un patient peut se déplacer n'importe où, il sera suivi et pourra être traité. Swisscom, les CFF, les aéroports, les compagnies de bus ou de taxis, les écoles, toutes ces organisations sont reliés et quelque part dépendants du CHUV[8].

Le CHUV ne veut pas seulement soigner, il prétend vouloir mettre ses patients en harmonie, leur permettre de découvrir la vérité, car vivre en santé, c'est, disent-ils, vivre dans le vrai. Avant de pouvoir mourir, les patients doivent harmoniser leur vie, il ne faut pas qu'ils emportent avec eux de faux souvenirs, des idées biaisées par leur propre subjectivité ou par le manque de certaines informations clés qui leur auraient permis d'interpréter différemment les situations et de mourir autrement.

C'est pour cela que tous les patients qui subissent des interventions, graves ou non, sont reliés au système d'information du CHUV ; ce dernier va leur permettre de revoir

---

[8] N'est-il pas vrai que la santé est la base de toute activité de l'homme et que donc elle a sa place partout.

ou de découvrir des évènements passés critiques qu'ils ne pouvaient pas connaître autrement. Des scènes qui expliquent leur vie autrement et auxquelles ils n'ont pas participé. Pour les patients, c'est bien entendu une épreuve le plus souvent très douloureuse. C'est là, par exemple, que l'on apprend qui est son vrai père biologique ou encore avec qui son compagnon nous a trompés pendant des années. Des pans de vie entiers peuvent alors s'écrouler nécessitant une totale restructuration de soi. Ces épreuves sont d'après le CHUV nécessaires tant pour une véritable guérison, que pour une mort sereine.

Bien entendu, le patient a toujours le choix de refuser d'écouter un enregistrement téléphonique ou de revoir une vidéo compromettante… Mais le système d'information lui repropose la scène au fur et à mesure qu'il constate que la perspective du patient a évolué, et cela jusqu'à ce qu'il accepte de la voir. Et cela se produit toujours. C'est la méthode des petits pas.

Je fus relié au système d'information du CHUV dès mon arrivée. Je leur confiais mon téléphone portable et leurs techniciens s'occupèrent dès lors de me connecter.

J'ai toujours pensé que trop de communication gâchait l'existence. Qu'il y a des choses inutiles à savoir. Des choses qu'il vaut mieux mettre dans une boite qu'on referme avec un scotch sans plus trop s'occuper de ce qu'il y a dans la boite. Des informations qui ne sont que de la perte de temps ou de la distraction nous éloignant de l'essentiel.

Nous finissons par devenir ce qui nous occupe l'esprit le plus souvent, me disais-je. Nous attirons à nous ce qui nous obsède. Autant nous occuper avec des choses qui nous intéressent vraiment, autant ne pas nous salir avec des commérages, des radotages ou des choses pour lesquelles rien ne peut être fait! En fait, il me semblait que l'essentiel n'est qu'interprétation, le fond des choses demeure à jamais inconnaissable.

La philosophie du CHUV est différente et opposée: il faut savoir pour guérir, il faut comprendre pour progresser, il ne faut pas mourir avec des images incorrectes. Il y a une vérité unique et il faut la découvrir. Pour moi cette philosophie résultait d'une ancienne conception de la science avant qu'elle n'embrasse la subjectivité comme une composante essentielle.

Un infirmier m'informe que, suivant le protocole, je devrais revoir ou prendre connaissance de certaines scènes qui me manquent pour me constituer cette vision vraie et réaliste de ce qu'a été ma vie. J'essaye de protester, la clarté, la vérité absolue cela ne peut exister, tout n'est que constructions mentales et qu'interprétation et je suis satisfait avec les interprétations qui sont les miennes à ce jour, je ne veux pas en changer. Non, pour le CHUV il y a une vérité et une seule et il faut la découvrir si je veux sortir de la maladie. Cela fait partie du processus de guérison m'explique-t-on et de toute manière je n'ai pas le choix, je suis relié au système d'information qui va progressivement me diffuser des morceaux manquants. Je vais découvrir le dessous des cartes. Ces informations qui m'ont échappé ou que l'on a voulu me cacher pour m'empêcher de comprendre ou pour me maîtriser.

Forcément, c'est le CHUV qui a raison, je finis par accepter de visionner ces scènes et je finirais peut-être aussi par croire qu'il y a une vérité unique, que le CHUV l'a découverte et que le reste n'est que délire de narcosé.

Les images qui défilent devant moi sont pénibles, effectivement des illusions s'effondrent.

Je les vois toutes les deux danser. Elles se sont faites une spécialité de danser sur les toits des trains à Paris. Les voyageurs arrivant dans une gare parisienne peuvent voir ces deux ombres sauter sur le wagon de TGV vêtues de grands draps de voile noir. L'effet est saisissant et elles sont très demandées.

C'est un endroit étrange pour se produire en spectacle. Mais cela marche. Le spectacle est magnifique, aérien, les deux filles semblent voler et défier les lois de la pesanteur. Les wagons sur lesquels elles dansent, s'illuminent ressortant ainsi du paysage sombre environnant. Elles sont accompagnées d'une musique de flûte, extrêmement douce, enfantine. Par moment, le visage de l'une d'elles ressort et s'impose en premier plan, les yeux rivés dans les yeux de celui qui regarde. Dès ce moment, il ne la quittera plus, toute son attention sera tendue vers elle et sa danse. Toute sa personne envahie par la musique.

Elles sont maintenant à l'intérieur du wagon et elles discutent. J'entends toute la conversation et comprends clairement ce que je n'avais jamais voulu voir jusqu'à ce moment.

Je m'étais arrangé pour ne conserver que les scènes qui renforçaient l'image que j'avais de moi-même et surtout l'image que d'autres pouvaient en avoir. Et évidemment, ce n'est pas la meilleure manière de rechercher la vérité des choses.

Chapitre 9 : Souffrir, mourir

Un puissant bruit de cloche suivi d'un braillement de cor me tire de ma torpeur. Je suis dans la salle de soins continus, j'ouvre les yeux. Poussant un petit chariot décoré de couleurs vives, un groupe de personnes entre dans la salle. Le chariot porte sur son flanc un large panneau sur lequel il est écrit en lettres stylisées: MIEUX MOURIR. Tout s'arrête, aucun infirmier ou médecin ne semble s'opposer à ce bruyant débarquement.
Durant tout mon séjour au CHUV, je voyais le chariot «mieux mourir» arriver de temps en temps dans la salle où je me trouvais, les animateurs discuter avec les patients, plaisanter avec les infirmiers et repartir bruyamment pour continuer leur tournée.

Nous sommes à la maison chez Valérie. Thierry me demande quand je vais rentrer à l'hôpital et qui sera mon chirurgien.

- J'ai quelque chose à vous dire, m'explique-t-il.
- Je m'occupe depuis un certain temps de personnes mourantes. Je les accompagne à la mort.

Thierry m'explique alors que bien souvent, le soir après son travail, il se rend dans les hôpitaux et passe quelques heures à discuter avec les mourants. C'est du reste là qu'il a rencontré Valérie. Maintenant, ils y vont souvent ensemble, plusieurs fois par semaine. Ils prennent parfois leur fils, le petit Ben, qui a deux ans, avec eux. Il semble qu'il ait des talents rares et exceptionnels pour guérir ou soulager certains malades par sa simple présence. Thierry m'explique que le talent de Ben est reconnu par le corps médical [9] et qu'il y aurait sur terre, quelques milliers d'enfants-guérisseurs. J'ai la chance que mon petit fils soit l'un d'eux. Chaque enfant-guérisseur a son don particulier. Pour Ben, cela semble plutôt être les maladies nerveuses, mais parfois sa présence soulage aussi d'autres choses. De plus, il y prend visiblement du plaisir.

- Je fais partie d'une association: «Mieux mourir», me dit Thierry, dont le but est d'éviter la souffrance et aider les gens à conserver leur dignité. Mieux mourir envoie des infirmiers dans les hôpitaux contrôler que dans chaque pièce, les patients sont dans la mesure du possible préservé de la souffrance. Ils ont obtenu l'accord de la nouvelle direction pour promener leur chariot dans tout l'établissement.

De plus «mieux mourir» enseigne une conception différente de la mort, une conception dérivée de l'héritage d'une ancienne secte égyptienne pour qui la mort n'est pas ressentie comme une catastrophe, elle n'est pas la fin de tout, mais, au contraire, le passage vers une nouvelle étape. Nous déambulons maintenant dans le jardin de Valérie et traversons une allée de poix de senteur et les parfums nous embaument.
Il ne s'agit pas de disparaître ou de revenir sur terre, m'explique Thierry, il s'agit de progresser, il s'agit de découvrir l'univers, par delà notre passage terrestre. Pour ceux qui demeurent ici bas, ils n'ont pas à être chagrinés ou tristes. Le mort va au contraire faciliter leur vie, l'enrichir et la faire évoluer. Le mort est un gardien et un guide pour ses amis qui restent, il les

---

[9] Dans plusieurs autres scènes non retranscrites ici, Ben et ses parents me rendent visite à l'hôpital et effectivement dans ces scènes sa présence me soulage.

encourage à s'élever et à considérer les êtres par delà leur corps physique. C'est une fausse conception de la mort qui conduit les survivants à souffrir et à se lamenter de la perte au lieu d'accueillir la nouvelle de la mort avec sérénité et respect pour s'ouvrir à une écoute nouvelle de ce que le mort leur communiquera. En effet, si le corps disparaît progressivement en poussière, ce que nous appelons l'âme et que nous ne comprenons pas continue d'être dans l'univers où elle a toujours été. Sans cette écoute, le mort aura effectivement disparu. L'âme conserve la mémoire du mort, elle reste douée d'une vive conscience. Elle n'est plus soumise aux contraintes de notre univers physique et matériel. Elle est dans un autre univers dont certains aspects se superposent au nôtre, sans l'affecter directement. Ainsi l'âme ne peut pas soulever un caillou, car elle n'interagit pas directement avec la matière, elle ne peut pas le toucher, mais elle peut le voir, car elle est sensible à certaines informations provenant de la matière. L'âme n'est pas perceptible depuis notre univers matériel puisqu'elle ne s'y trouve pas, elle n'est donc pas détectable avec nos instruments de mesure. Elle peut cependant, inspirer, guider, nourrir l'intuition, ancrer des certitudes…

Bien plus tard.
Liliane me rend visite aux soins continus. Son visage est bien plus serein que d'habitude, la décrépitude de mon état ne semble plus autant l'affecter que lors des précédentes visites. Aurait-elle de bonnes nouvelles?
Elle a passé la soirée avec Thierry et Valérie, ils ont parlé de la mort.
Pourvu que cette nouvelle conception ne soit pas une nouvelle manière de renoncer à se battre. Je me dis qu'il est anormal d'afficher une telle sérénité dans ce lieu et dans ces circonstances. Mais alors quoi?

Chapitre 10 : En bateau sur le lac

Après le repas du soir et les différents traitements, la salle de soins continus du département de chirurgie cardiaque du CHUV se prépare pour la nuit. Le personnel de nuit prend possession des lieux, vérifie que tous les instruments fonctionnent bien, éteint les lumières et va s'installer dans la pièce qui leur est réservée. Un calme s'installe et c'est à ce moment-là que l'on commence à ressentir les premières vibrations et le bruit extrêmement tamisé des moteurs. Les premières nuits, je ne comprenais pas d'où venaient ces vibrations. Ensuite, j'ai eu l'occasion de me mettre près d'une fenêtre et je réalisais que la nuit la salle de soins continus se transformait en navire à vapeur naviguant sur le lac Léman.
Je suis calme et immobile dans mon lit, j'ai pu obtenir du Tramal et mes douleurs sont fortement atténuées même lorsque je tousse. J'apprécie cette vibration régulière. Quelle idée fantastique de transformer notre chambre de soins continus en Navire à aubes et se promener sur le Léman! Les vibrations nous calment tous et aident à s'endormir. Chaque 5 à 10 secondes, une résonance plus accentuée produit une vibration plus forte qui secoue tout le navire pour rapidement s'atténuer.
Une odeur de peinture fraîche me monte au nez, la même odeur que celle de la peinture que j'utilisais autrefois pour peindre mes modèles réduits d'avions, quel plaisir. Ils ont dû repeindre certaines parties du bastingage. Depuis mon lit qui a pris la forme d'un canot de sauvetage, je sens que nous filons sur les eaux transparentes du Lac. Le rideau à ma gauche est ouvert, je

peux voir les lumières de la rive qui défilent. Je ressens une admiration sans bornes pour ces gens qui ont imaginé et construisent cette chambre/vaisseau qui réussit si bien à nous calmer et nous endormir.

Pendant des semaines, chaque nuit je vais ressentir ces vibrations, naviguer paisiblement sur le Léman et parfois sur d'autres lacs de Suisse, je vais me laisser bercer par les flots, calmer par les vibrations. Le lac est devenu si important pour moi.

Je me souviens de différentes croisières.

Ainsi, avant même de réapprendre à boire, j'avais constamment besoin de me rafraîchir la bouche qui était tout le temps sèche. L'infirmière me frottait une sorte de grand coton-tige, imbibé de liquide parfois un peu sucré, sur les gencives et cela me faisait le plus grand bien. Je passais mon temps à attendre le prochain coton-tige. Un coton-tige salvateur!

Lors de l'une de nos croisières nocturnes, une escale était prévue sur l'île du hasard. C'était une petite île tropicale sur le lac Léman sur laquelle des Anglais avaient construit un Casino qui en constituait le seul bâtiment. Le casino était entouré de magnifiques jardins. Je pensais pouvoir quitter le navire CHUV lors de l'escale pour me procurer une boisson ou au moins un coton-tige.

Le vapeur était maintenant amarré au ponton de l'île du hasard et une passerelle du genre de celles que l'on trouve dans les aéroports permettait de débarquer par un tunnel en plexiglas. Il faisait nuit presque noire, on distinguait à peine l'immense bâtiment du Casino, il était visiblement fermé, tout était éteint. Je décidais d'en faire le tour dans l'espoir de trouver un distributeur automatique de boissons. Devant moi une forme sombre avait, elle aussi sans doute, pris la même décision. Nous étions les deux seuls passagers à être descendus. Je terminais le tour du Casino sans repérer de distributeur.

- Ne trouvez-vous pas étrange que le Casino du hasard soit fermé? Me demanda la forme noire qui s'était maintenant rapprochée.
- Oui, c'est curieux, êtes-vous aussi en cardiologie au CHUV?

Elle me dévisagea de la tête au pied, se retourna brusquement et se mit à courir en direction de la passerelle. Je la reconnus, je me souvins d'elle tout à coup. C'était l'assistante du docteur B. celui qui m'avait opéré.
L'idée me vint que le casino étant fermé le hasard était donc inexistant. L'assistante n'était pas là à cause de lui et n'était sûrement pas à la recherche de cotons-tiges.
C'est en remontant à bord que je compris.

L'arrêt sur l'île du hasard était la dernière étape de cette croisière nocturne. L'étape du hasard inexistant, indispensable pour que les choses prennent leur sens.
Le jour allait bientôt se lever. Je me hâtais aussitôt à bord de regagner mon lit.
Par la fenêtre derrière le rideau, je peux voir défiler le rivage et les côtes du Lavaux, magnifiques dans le soleil levant. Au loin, un château au sommet d'une colline m'indique que nous nous approchons de Lausanne. Les vibrations vont bientôt s'arrêter et la salle de soins continus reprendre sa place au bout du couloir de chirurgie cardiaque du CHUV. Les premiers soins du matin seraient donnés. Le petit-déjeuner serait servi. Tout serait prêt pour l'arrivée de l'équipe de jour.

Chapitre 11 : La succursale de campagne du CHUV

Le CHUV, ou du moins le département de cardiologie dispose d'une sorte de succursale à la campagne, en lisière de forêt: une sorte de tente circulaire géante. Je ne l'ai jamais vraiment vue de l'extérieur, car curieusement j'y accède par une sorte d'ascenseur qui provient probablement du sous-sol. La tente fait une soixante de mètres de diamètre. Une partie est constituée d'un plan incliné sur lequel des sortes de lits sont disposés, ou plutôt ils sont intégrés à la structure du plan incliné. Le plan est séparé en divers compartiments comme pour permettre de regrouper les familles. En bas du plan, à la hauteur du sol, de petites cases se suivent l'une l'autre comme des chambres individuelles. Chaque case me semble spécialisée pour un traitement particulier. Le plafond est une tenture bleue. Entre le toit de la tente et la tenture sont aménagées de petites cabines avec juste un orifice à partir duquel l'occupant pouvait se pencher et observer le spectacle qui se déroulait en bas. Je réalise en écrivant que tout cela ressemble fort à un cirque.

Cette succursale de cardiologie est surtout utilisée la nuit. Le CHUV l'a ouverte récemment à la recherche de nouvelles sources de profit. Les services offerts sont outre les massages et la prostitution, la projection de films soit sur écran géant soit en cabine particulière avec infirmières spécialisées, la location de cabines de détente, de bronzage, d'épilation laser ou de chirurgie esthétique cardiaque.

Un système de tubes permet de commander boissons ou plateau-repas et de se faire livrer directement dans son lit. Tout le personnel est recruté en France pour optimiser les coûts.

Je me suis plusieurs fois retrouvé dans la succursale à la campagne. La première, je m'en souviens je pouvais à peine bouger. J'étais allongé sur les lits en gradin et avait une vue sur l'ensemble de la tente. J'avais très soif et rêvais au moins d'un coton-tige. Je sentais bien quelque part dans mon lit l'arrivée d'un tube de livraison, mais je ne savais pas y accéder! De plus, il fallait une carte MasterCHUV avec suffisamment de crédit et je n'avais rien. Au bout d'un moment heureusement Stéphane[10] arriva avec Sarina. Il s'installa dans un lit près du mien et me proposa un plateau-repas Nestlé. L'illustration publicitaire sur papier glacé montrait une magnifique coupe de fruits et j'acceptais donc son offre avec plaisir. Les fruits étaient en fin de compte servis sous forme d'une purée avec une contenance garantie de 5 % de fruit véritables, rien de bien désaltérant! Liliane arriva finalement. Elle prit directement place dans l'une de ces cases au bas de la tente en optant pour un massage et une séance de cinéma, le tout pour 30 frs. Décidément pensais-je le CHUV n'est pas trop cher, ils veulent se faire connaître. Je me sentis quand même vexé qu'elle ait commencé par le massage avant même de venir me voir.

Dans une autre cabine se trouvait Jobel qui avait opté pour une séance de relaxation avec une musique spéciale directement diffusée dans le cerveau. Dans une cabine du toit, je vis dépasser la tête de Georges qui avait opté pour une séance de prostitution à 30 frs elle aussi.

J'avais toujours aussi soif et cherchais à faire signe au personnel soignant pour me faire apporter un coton-tige. Mais plus l'heure avançait, plus le personnel soignant était remplacé par du personnel purement commercial s'occupant des

---

[10] Dans la vie, le mari de Sylvie

divertissements. Ils étaient naturellement plus au service des visiteurs payants que des malades. Un peu plus tard, la tente se retrouvait balayée de lasers multicolores, remplie des décibels d'une musique délirante et insupportable diffusée par des haut-parleurs cachés dans le tissu. De curieux individus avaient pris possession des lieux, on les voyait défiler avec des habits les plus étranges, des maquillages lourds et des rires de cinéma d'horreur.

L'atmosphère ressemblait à celle d'une foire de science-fiction, certainement pas à celle d'un hôpital!

Tout cela était rendu nécessaire par l'augmentation des coûts de santé, le prix exorbitant des équipements et le système de médication «rente à vie» des industries pharmaceutiques[11]. Et dire que moi aussi j'étais pris là-dedans. Ils avaient réussi à attraper leur ennemi le plus féroce et à l'affaiblir au point de donner son âme pour un coton-tige qu'il n'obtenait pas, je me demandais:

Suis-je bien au bon endroit pour guérir?

---

[11] Ces médicaments qui ne vous soignent pas vraiment mais qui vous permettent de vivre tant que vous les prenez!

Chapitre 12 : Je réussis à communiquer

J'arrivais à peine à parler et ne pouvais pas bouger du tout. J'avais vu l'échiquier géant avec des nombres en chiffres romains inscrits en lettres d'or sur les cases blanches. Je savais que la partie était perdue[12].
Je voulais être certain que l'argent était arrivé.

- Ils veulent me tuer, réussis-je à murmurer à Liliane.

En face de moi, un mur blanc avec dans le coin gauche une pendule comme on en trouve dans les gares.

- Mais non, ils s'occupent très bien de toi.
- Tu as vu ma cicatrice ? Comment est-elle ?
- Elle est très bien.
- Tu l'as vue personnellement ?
- Oui, je l'ai vue.

Comment Liliane pouvait-elle me dire que ce S énorme qui couvrait ma poitrine et mon ventre était très bien ? Comment pouvait-elle ne pas s'apercevoir que le travail était bâclé ? Savait-elle que ce n'est pas Kirsch qui m'avait opéré, mais un assistant syrien, le docteur B.. Savait-elle que le docteur B.

---

[12] Ceci précède, il me paraît, la scène où le tableau géant va indiquer le 14. L'échiquier est apparu dans de très nombreuses scènes.

n'avait pas même jugé utile de me recoudre tellement il pensait que cela n'en valait plus la peine?
J'avais vu la partie sur l'échiquier, je sentais la cicatrice.

- Je veux voir Jobel, dis-lui de venir me voir.

Jobel entra dans ma cabine par le rideau qui se trouvait à ma droite. Il me dit qu'il croyait que j'allais bien me remettre. Il m'a dit qu'il m'avait confié au médecin suprême: Jésus et que Jésus allait s'occuper de moi. Et je l'ai cru. Je lui demandais de pouvoir rencontrer sa maman, il accepta[13].
Il m'a dit qu'il irait parler au syrien et ferait le nécessaire pour que j'aie les meilleurs traitements.
Le CHUV, me dit-il a besoin d'une bonne publicité surtout à Dubai et dans les pays arabes. Je vais me faire confier la mission de les représenter là-bas. Je veux que tu sois bien traité. Je veux que ton cas puisse me servir de show case pour ma promotion à Dubai.
Je ne suis pas sûr d'avoir bien compris toutes ses paroles. Je m'endormis à nouveau, le cœur empli de paix et de reconnaissance.

---

[13] C'est ce qui donna droit à la cérémonie à la campagne où la maman de Jobel (Ch. 13) était là, mais j'étais trop faible pour la rencontrer.

Chapitre 13 : La moloheia

Je fus transporté dans la succursale à la campagne de la section cardiologie. Ce jour-là la mère de Jobel devait me rendre visite et on avait trouvé plus sympathique que cela se passe à la campagne. Elle devait aussi préparer une moloheia, une soupe égyptienne dont je raffole depuis l'enfance et qu'elle prépare particulièrement bien.

D'autres visiteurs allaient certainement se joindre à elle. Cet après-midi l'intérieur de la tente était fort peu animé. L'éclairage était éteint. On m'installa à mon endroit habituel sur l'un des lits en gradins, à mi-hauteur. Un physiothérapeute s'occupait de me maintenir droit en exerçant une pression sur mon dos. Je me sentais terriblement faible. La tente était totalement vide hormis le physio et moi. Progressivement les sons d'une musique me parvinrent de l'extérieur. Cela me semblait une musique orientale, mais très rythmée. Elle devenait de plus en plus puissante. Il devait y avoir pas mal de monde là dehors qui chantait et, en accompagnement, quelques instruments à vent un tambour.

Cette musique me rappelait quelque chose, quelque chose de répétitif et accablant, quelque chose d'ancien. Je m'en souviens comme cerclée de cuir bordeaux, usé, foncé par les années. Un cuir tendu et maintenu par un cloutage.

Celui qui jouait ou plutôt qui menait le jeu se disait un de mes amis de jeunesse. Il m'avait disait-il, connu du temps où je construisais mes premiers modèles d'avions en balsa. Moi, je ne me souvenais pas de lui. Lui, par contre, racontait à qui voulait bien l'entendre foule de souvenirs communs que nous aurions eus lui et moi. Il expliqua comment j'étais devenu président du GMR, le groupe lausannois de modélisme, combien j'étais, jeune déjà, inventif et créatif. Il narrait nos exploits communs. Il s'imposait aux oreilles des présents comme une sorte de «meilleur ami de toujours» qu'il n'avait certainement jamais été. Il plaquait des souvenirs importants, centraux, à ce qu'avait été ma vie, alors que pour moi ils n'existaient pas! Il dressait un portrait qui n'était sûrement pas le mien, mais qui allait s'imposer. Il me volait qui j'étais en m'habillant d'habits étrangers. J'étais impuissant, c'est lui qui avait la parole.

À un moment, il expliqua que malgré son nom bien suisse (était-ce Regamey?) il était lui aussi d'origine orientale. Il devenait ainsi non seulement mon meilleur ami, mais aussi mon frère, cet homme que je ne connaissais pas, qui ne m'avait jamais parlé, mais s'adressait de manière si éloquente à mes amis regroupés à l'extérieur de la tente CHUV.

Il me volait un peu ma vie en présentant avec tant de réalisme et de passion des souvenirs de choses qui n'avaient jamais existé. C'est lui qui produisait cette musique rythmée et ancienne. Il imposait cette musique qui m'est totalement étrangère comme une sorte de requiem que j'aurais moi-même choisi et que je lui aurais demandé d'interpréter. La dernière musique avant de mourir. Et elle ne signifiait rien pour moi.

La rumeur et la musique me parvenaient de l'extérieur de la tente. Je devais bouger, je devais rejoindre mes amis là dehors. Je devais démentir ces faux souvenirs. Mais je n'avais pas la force de bouger. Dès que le physio me relâchait, je m'effondrais sur le lit. Je lui fis signe que je voulais sortir et avec un large sourire il me fit non de la tête. J'étais coincé.

Plus tard,
Un éclat de lumière illumina la tente pendant quelques secondes. Georges y entrait en soulevant un pan de tissus et

laissant entrer la lumière du soleil et en amplifiant le bruit de la musique. Il se dirige vers moi.

- Viens, tout le monde t'attend là dehors, il y a de la moloheia.
- Je vais venir, j'attends juste que la douleur se calme un peu, puis j'arrive.

Georges ressortit et revint quelques instants plus tard avec une tasse de moloheia.
Je ne savais pas qu'en faire, je n'avais pas encore appris à boire, j'y trempais mes lèvres, mais ne sentis aucun goût. Je l'offris au physio en lui répétant à nouveau que je voulais sortir voir mes visiteurs, dire bonjour à mes amis, mais il ne me lâcha pas. Je répétais: je veux sortir, je veux sortir. La musique se faisait de plus en plus forte de plus en plus lancinante. Lorsque finalement l'infirmier physio me relâcha, je m'effondrais sur le lit, saisi par la douleur, incapable de faire un geste. Je compris qu'il avait raison. Il reprit son étreinte soulageante et nous restâmes ainsi, extrêmement longtemps. Moi paralysé et frustré d'être si impoli avec mes visiteurs et lui cherchant en me bloquant le dos à m'éviter au maximum la douleur.

Chapitre 14 : Georges veut se faire opérer

Bien plus tard, au même endroit.
Georges pénétra à nouveau dans la tente. Il sentait la cigarette et le mauvais alcool, aucune lumière n'accompagna son entrée, ce qui indiquait que le soleil devait déjà être couché. La musique, elle aussi s'était tue. Georges s'approcha.

- Je veux faire la même opération que toi, me dit-il.
- Tu ne le feras pas, c'est te demander trop.
- Je dois la faire absolument, je fume trop et je bois trop. Tu verras je vais la faire.
- Alors, prends rendez-vous avec la doctoresse Alexander tout de suite, ne rate pas l'occasion.

Mon infirmier physio avait déjà le téléphone en main et le tendit à Georges.

- La doctoresse Alexander est en ligne.

Le rendez-vous fut fixé pour le lendemain. Georges sortit fumer une cigarette. À son retour il avait déjà changé d'avis.

- Je ne peux pas me le permettre, cela va coûter trop cher. Je n'ai pas les moyens de me payer cela.
- En tant que fonctionnaire fédéral tu es certainement assuré, ton assurance va couvrir les frais. Tu en as besoin. Maintenant si tu as changé d'avis, cela ne

m'étonne pas. Vas quand même voir la doctoresse, c'est une fort belle femme, russe de surcroît, elle te plaira, j'en suis certain.

Je pense que c'est un pas pour Georges, mais je ne suis pas convaincu qu'il ira de l'avant. J'ai une grande peine, je me demande comment les choses ont pu se passer pour qu'il doive endurer une souffrance pareille.
Jobel entre alors dans la tente et me salue de la part de sa maman qui a dû partir. Il m'apporte encore une portion de moloheia dans un Tupperware.

- Tout le monde s'est lancé dessus et il ne reste pas grand-chose. Mais on refera quand tu seras guéri.
- Ton grand ami Regamey nous a expliqué plein de choses sur ta jeunesse, tes mathématiques et tes modèles réduits, tu n'as pas changé!!
- Et ma mère lui a acheté deux tableaux libanais anciens qu'elle veut faire encadrer à Paris. Tu m'as l'air fatigué. Repose-toi, je reviens te voir demain.

Georges et Jobel s'éloignèrent ensemble. Je restais coincé dans la même position la moloheia à la main, soutenu par le physio, je savais que j'étais incapable de boire cette soupe verte. Que même si je la buvais, elle n'aurait plus aucun goût! Cette soupe que j'adorais, qui me ramenait à mon enfance au Caire. L'Égypte, ma mère, ma tante Simone qui la préparait un peu différemment avec plus de riz croustillant.
Ce liquide verdâtre et un peu gluant, cette soupe de mon enfance que ma fille me préparait parfois, elle n'avait plus de goût pour moi à présent. Mais quelle gentillesse de l'avoir préparée pour moi!
Je ne pensais plus rien.
Je pleurais.

Chapitre 15 : La stratégie commerciale du CHUV

Le nouveau propriétaire du CHUV est un Hollandais. Un professeur de cardiologie mondialement connu et que les inventions et brevets dit-on, ont rendu extrêmement riche et puissant. De caractère, il est cependant un homme réservé, persévérant et profondément humain. Étonnant !
Sa compagne, de vingt ans sa cadette est, elle aussi, d'origine hollandaise, elle a cependant fait toutes ses études à Lausanne et est devenue une chercheuse reconnue en chirurgie cardiaque. Elle n'est pas particulièrement belle, mais à son contact on ressent cet entrain, ce dynamisme et cette détermination qui l'on amenée où elle en est à moins de quarante ans. Elle consacre tout son temps à améliorer les processus opératoires et a obtenu de nombreuses réussites maintenant quotidiennement utilisées dans les hôpitaux de par le monde.
Le couple n'a pas d'enfant.
Comme partout, en médecine les effets de modes sont aujourd'hui à la manœuvre. Ayant compris qu'une astucieuse combinaison de chirurgies cardiaques et neuronales possède les ingrédients nécessaires à séduire et que tout le Gotha va vouloir en profiter pour, en théorie, améliorer ses performances tant physiques que cognitives. La direction du CHUV a engagé plusieurs chercheurs et chirurgiens spécialisés et acquis un équipement ultramoderne et bien entendu extrêmement cher.

Des articles décrivant la nouvelle chirurgie et ses formidables bénéfices paraissent de plus en plus dans les journaux de vulgarisation, les télévisions commencent à en parler et le CHUV est de plus en plus souvent mentionné comme l'un des leaders mondiaux dans la spécialité. La combinaison neuro cardiaque pourrait, lit-on souvent, permettre un allongement significatif de la vie et éliminerait largement le risque de maladies neurodégénératives. On peut voir en première page d'un magazine international, le nouveau lit, style première classe d'Air France, récemment acquit par le CHUV pour ses clients fortunés, trois pages d'articles décrivent ses fonctionnalités.

Le créneau est donc à prendre: une hyperspécialisation, la réputation de qualité suisse, un matériel de pointe, un marketing impeccable et des prix incroyablement élevés devraient assurer au CHUV un succès mondial pour les dix ans à venir. Cela est d'autant plus recherché que la médecine traditionnelle, bridée par les compagnies d'assurance, ne rapporte plus grand-chose.

Bien entendu de nombreuses voix s'élèvent, à l'intérieur de l'établissement, contre cette direction stratégique qui tend à développer une médecine s'éloignant du public pour ne s'adresser qu'aux très fortunés de cette planète. Les plus anciens membres du personnel se sentent dépassés, les années de compétences acquises ne valent pas grand-chose devant la nouvelle machine à plusieurs millions. Toute l'attention est portée sur les modernes, les privilèges sont pour eux!

Sachant que les futurs gros clients du CHUV viendront soit des pays arabes soit de Russie, les nouvelles recrues sont originaires soit de pays arabes (comme le Dr.B. qui est syrien) ou de Russie (comme la doctoresse Alexander).

Les futures interventions neuro cardiaques pourront se facturer extrêmement cher et justifieront ainsi le prix insensé que le nouveau propriétaire hollandais à payer à l'état de Vaud pour satisfaire le caprice de sa maîtresse.

Grâce à Jobel, j'ai peut-être la chance de pouvoir profiter des retombées de cette médecine d'avant garde. Il a négocié pour moi un traitement de faveur et par la même occasion il a pris la représentation du CHUV pour les pays du Golf.

Petit à petit, un ensemble d'industries s'est intéressé aux plans stratégiques du CHUV. Des contrats ont été signés avec des groupes tels que Nestlé, Swisscom, les CFF...

De nombreux systèmes ont été mis en place pour améliorer la rentabilité de l'établissement et lui permettre de faire face aux énormes investissements que nécessitent cette médecine de pointe et l'accueil d'une clientèle internationale prestigieuse.

Par exemple, les repas sont désormais servis incorporés dans une ceinture repas qui comprend une soupe en entrée, un plat principal et un dessert. Ce plateau se fixe à la taille et se déguste en aspirant dans des tuyaux spécialisés. Le plateau est facturé 20 frs aux assurances et 40 frs aux clients qui payent eux-mêmes. Le mot patient ou malade a été officiellement radié, trop négatif et remplacé par le mot client ou client VIP ou encore son excellence. Les doses sont calculées pour être en moyenne insuffisantes, obligeant le client à consommer deux plateaux repas par repas. Bien souvent les assurances refusent de payer le second plateau, arguant qu'il a pu être consommé par un visiteur. Il peut alors être facturé au prix doublé de 40 frs directement au client ce qui multiplie par 3 le résultat économique. En ce qui concerne la boisson elle n'est pas comprise dans le plateau-repas et tombe sous le cadre des accords passés avec Nestlé. Une étude des spécialistes du CHUV et de l'EPFL a montré que les boissons ultras vitaminées Nestlé ainsi que les boissons énergisantes Nestlé sont excellentes dans plus de 90 % des cas. Le traitement médical du client impose donc que les boissons Nestlé soient les seules consommées par les clients du CHUV. De plus, dans le cadre de leur traitement un entretien avec un diététicien prescrit ces boissons comme des médicaments pour faire en sorte que les clients s'y habituent et continuent à les boire après avoir quitté le CHUV. Aucune source de profit n'est négligée. Le coton-tige rafraîchissant fait partie de ces objets d'apparence insignifiante, mais dont la rentabilité peut être stupéfiante. Vendu à l'unité à 5 frs au client ou à son assurance et à utilisation unique, il est bien plus intéressant à exploiter que les bouteilles d'eau minérale qui sont, elles-mêmes déjà extrêmement rentables. Les visites sont désormais payantes, l'image des clients est exploitée par le marketing pour des prospectus et des journées portes ouvertes. Si le client refuse de céder ses droits, il renonce au rabais sur les soins ce que son assureur conteste.

Pour entrer au CHUV, on passe maintenant au travers d'un shopping centre sur le modèle de ceux qui se sont développés dans les aéroports. On y trouve de tout, produits, compléments alimentaires, vitamines, cadeau de dernières minutes pour les clients (les malades), assurances vie de dernières minutes. Il s'y trouve même un bureau de notaire avec des formules de testaments préremplis. Le décor du centre commercial d'entrée est feutré et inspire la confiance nécessaire au gonflement des prix qui peuvent atteindre jusqu'au double de celui de Globus en ville.

Se promener avec un emballage du CHUV est devenu signe de distinction et de prestige. Les Lausannoises adorent, elles mettent leurs sacs Hermes dans un sac en papier du CHUV pour faire bonne impression.

À l'entrée du Parking automobile, sur le toit du CHUV un couloir de distributeurs automatiques a pris place offrant aux visiteurs plateaux-repas, boissons vitaminées, cigarettes, billets de loterie.. Le tout est payable par carte et au cas où vous n'avez pas de carte, on vous en vend même une au distributeur rouge au fond du couloir. Les salles décentrées du CHUV, telle que la salle de campagne de la cardio sont elles aussi de fantastiques sources de profits. La nuit tombée elles se transforment en lieu de divertissements et de rencontre. Des spectacles y sont organisés, des jeunes filles légères y sont offertes aux clients internes et externes. Le CHUV recrute ses prostituées dans toute l'Europe, mais principalement parmi les enfants des employés. Ce sont les plus dociles.

Toute cette animation contribue à faire connaître le nom du CHUV, et finit par attirer de nouveaux clients.

Les campagnes de publicité menées dans les pays PTEM (Pays à Taux Élevé de Millionnaires) commencent à porter leur fruit. On a aménagé une entrée spéciale pour ces clients VIP avec un couloir shopping où seules les boutiques de luxe sont autorisées. L'hôpital offre aussi un service hélicoptère, que M. X. par exemple a utilisé pour l'amener depuis Paris en toute discrétion. La restauration gastronomique est confiée à Anne Sofie Pique. Ce service haut de gamme, unique au monde est décrit dans de nombreux articles parus dans les journaux les plus prestigieux. Ce qui couronne cependant les campagnes PTEM, c'est la spécialité du CHUV: l'intervention neuro cardiaque.

Nous traversons les stages avancés du capitalisme, cela a changé si rapidement qu'il a été littéralement impossible de s'y préparer.

Je ne comprends rien à ce Nouveau Monde que cependant chacun semble avoir totalement accepté. Cela ne choque personne! tout cela est normal, chacun y trouve sa place. Tout est bien.

Chapitre 16 : La cellule numéro 15

Aux soins intensifs, la cellule voisine de la mienne, celle derrière le rideau blanc à droite de mon lit est le numéro 15. Elle est occupée par M. X. Un monsieur très important qui avait été admis d'urgence pour un traitement neuro cardiologique sur la dernière machine Siemens-CHUV. M. X avait droit à un service prioritaire et VIP. L'hélicoptère noir du CHUV l'avait embarqué directement à Genève. Deux infirmières étaient en permanence auprès de lui et sa femme était elle aussi installée dans la cellule sur un lit première classe. Une ou l'autre fois j'ai pu apercevoir M. X. Il n'était pas allongé, mais se trouvait dans la machine Siemens comme assis sur un siège de vélo en train de recevoir son traitement de pointe.

M. X allait être la cause de pas mal de mes ennuis.

Je compris progressivement que M. X était un grand sportif, il faisait partie de l'une des cinq équipes qui disputaient le championnat du monde d'aérotennis. Moi non plus, je ne connaissais pas vraiment ce sport de pointe avant mon séjour au CHUV. Les cinq manches des championnats du monde d'aérotennis se disputaient dans cinq capitales: Abou Dhabi, Riyad, Dubai, Bahreïn et Paris. Quatre de ces cinq équipes étaient soutenues par un état: Abou Dhabi, Arabie Saoudite, Dubai et Bahreïn. La cinquième équipe était indépendante et pour elle il était absolument impératif de gagner le grand prix, c'était une question de survie.

M. X faisait partie de l'équipe d'Abou Dhabi.

Chaque équipe se compose de 4 membres qui s'opposent à tour de rôle aux membres de l'équipe adverse. Les manches du championnat sont retransmises sur les télévisions du monde entier. Des spots publicitaires mettent en avant les joueurs et leurs qualités exceptionnelles. Ils sont interviewés partout et donnent leur opinion sur tous les sujets. Plusieurs joueurs de Tennis ont abandonné les championnats usuels pour se consacrer exclusivement à l'aérotennis ou tout dépend de la vitesse et de la puissance de la balle de service. En effet en aérotennis ce ne sont que des échanges à un coup.

Il s'agit de servir avec une énorme puissance de manière à ne pas se faire rattraper par l'avion de pylône racing de l'équipe adverse, qui de son côté cherche à détruire la balle avec son hélice en plein vol tout en évitant de toucher les joueurs. L'avion plonge sur le court dès que la balle est servie et redresse au dernier moment.

Le sport nécessite force, habileté et réflexes extraordinaires. M. X est l'un des rares champions de classe mondiale. La semaine dernière à Riyad, il semble qu'il a été très légèrement touché par un avion de l'équipe adverse. Heureusement, sur le moment personne n'avait rien remarqué. Mais le seul espoir de M. X de se réhabiliter à temps pour les championnats de Paris la semaine prochaine était de pouvoir subir un traitement neuro cardiologique et retrouver ainsi tout son potentiel. Son équipe avait reçu une offre du CHUV qui avait été choisi en raison de l'équipement que possédait l'établissement, du fait que le CHUV disposait de son hélicoptère privé aux vitres teintées réservé aux clients VIP, ainsi que de la légendaire discrétion suisse. Il ne fallait surtout pas que les équipes adverses soient informées de la situation.

Voilà donc Mr X dans la cellule 15 en train de recevoir un traitement neuro cardiologique dans la machine la plus avancée du monde. Le sort de l'équipe d'Abou Dhabi dépend de la réussite du traitement. Des centaines de millions sont en jeu.

C'est le Dr B, le fameux docteur B, qui s'occupe de M. X. Les voilà justement qui discutent en arabe, j'entends tout. M. X. se plaint, le CHUV n'est pas, d'après lui, à la hauteur des promesses qui lui ont été faites. S'il avait été à Paris à la Salpêtrière, le traitement serait déjà achevé. Le CHUV avait été mis en garde, le temps est très serré jusqu'à la prochaine manche du championnat et personne ne doit savoir qu'il a eu recours à un traitement neuro cardiaque. Personne ne doit se rendre compte. Il doit pouvoir se montrer au plus vite.
Dr B. finit par admettre que l'on pourrait faire mieux, mais il faudrait que M. X soit le seul patient et que tout l'effort de l'équipe médicale soit concentré sur lui.
Et c'est à ce moment qu'est tombée la phrase fatale, celle qui renversa les pions sur l'échiquier et qui grava certains chiffres romains en lettre d'or sur les cases blanches.

- Prenez vos responsabilités M. X, arrêtez tous les autres traitements et concentrez-vous sur moi. Le Sheik vous récompensera.

Puis avec un ton plus personnel:

- Que gagnes-tu comme médecin minable dans cet hôpital de seconde zone?
- Je peux te garantir 5 fois, 10 fois ce salaire et avec une prime d'engagement de quelques millions. Prends tes responsabilités, après tout tu es syrien, tu es comme nous.

Je n'entends pas la réponse du Dr B. Mais peu de temps après, il quitte la cellule 15.
La femme de X :

- Chéri, c'est un crétin, il ne comprend rien, c'est un tout petit concombre, viens, on part pour Paris.
- Non, non, je vais me débrouiller.

L'infirmière a mis en marche une télévision, on y voit le spot publicitaire de l'équipe d'aérotennis d'Abou Dhabi. Un avion qui plonge, une femme qui sert avec une puissance extraordinaire, plus que 260 km/h sur le panneau et finalement une interview de M. X.
Une jeune femme aux cheveux foncés entre par l'arrière dans ma cellule, elle se présente:

- Je suis l'assistante du Dr B.

Chapitre 17 : Le dîner à Cagliari

J'ai l'interdiction de quitter mon lit (et j'en serais totalement incapable), mais je me promène beaucoup dans mon délire.
Le soir du 23 décembre, Liliane arrive toute joyeuse et m'annonce que nous sommes invités à dîner par mon ami Spyros. Il a beaucoup insisté et elle espère que je vais accepter. Je lui demande si elle se sent capable d'arranger le coup avec les infirmières de garde pour que je puisse sortir discrètement. Naturellement, je m'en occupe, ne t'inquiète pas, me dit-elle. Elle est bien meilleure que moi pour trouver des histoires à raconter, pour convaincre et séduire.

- Un avion va nous attendre à l'aéroport de Genève vers 19 h et nous allons dîner à Cagliari, génial n'est-ce pas ?

Je me prépare donc en débranchant tous les tuyaux et en m'habillant en costume cravate sous ma tunique d'hôpital. Les infirmières de la chambre ne remarquent rien ou bien elles ne veulent rien remarquer, l'effet Liliane se produit. À ce moment, Sarina arrive dans la chambre, elle veut me montrer quelque chose. Un truc qu'elle sait faire et que personne d'autre au monde ne peut réussir. Tout le monde veut voir. Je ne comprends pas bien de quoi il s'agit, mais je crois que cela peut être dangereux. Elle me montre une vidéo sur son portable. Peut-être est-ce sa voie de faire cela, comment puis-je lui interdire quelque chose qui sera peut-être son avenir le plus brillant ?

Elle me montre d'autres vidéos, des centaines de milliers de personnes ont regardé ces films, des milliers ont commenté! Elle doit avoir du talent.

- C'est trop dangereux Sarina, je te demande d'arrêter!

Je lui demande d'arrêter, mais je ne suis pas convaincu que je fais la bonne chose, qu'est-ce que je comprends vraiment au monde pour vraiment juger. Liliane arrive et je suis prêt à partir.

- Qu'elle vienne avec nous! dit Liliane
- Oui, oui, répond Sarina

À la sortie de la chambre, nous rencontrons le propriétaire du CHUV et sa maîtresse, tous deux en tenue médicale blanche. Elle tient dans la main une seringue et un tube noir d'une trentaine de centimètres un peu plus épais qu'une paille et à l'épaule un sac Gucci, fourre-tout. Elle n'utilise pas les sacs en papier du CHUV.

- Nous venions vous voir précisément. Ah! je suis contente que vous soyez là madame, vous aussi mademoiselle. Nous devons prendre une décision importante.
- Nous partions justement, nous sommes invités à dîner à Cagliari, un important dîner d'affaires.
- Mais, mais, ce n'est pas possible, je veux expérimenter sur monsieur Cicurel mon nouveau tube. Je crois avoir résolu les problèmes de pneumothorax qui se sont posés. Il ne toussera plus tout le temps et surtout il ne souffrira pas autant. De plus c'est très dangereux de partir dans l'état où il est, l'hôpital devrait vous l'interdire.

71

- Nous devons partir, réplique Liliane, il s'agit d'une affaire très importante qui représente pour nous une grosse somme d'argent, nous avons tout convenu avec les infirmières. Vous ferez vos test demain.

Un employé en tenue bleue remet au propriétaire du CHUV une feuille de papier. Il s'agit du dernier bulletin météo de Cagliari.

- L'aéroport de Cagliari vient de fermer pour cause de météo, annonce le propriétaire, cela ne sert à rien de partir.
- Je n'y crois pas et du reste peu importe, nous trouverons un autre restaurant en bord de mer pour dîner avec Spyros, notre affaire doit se conclure aujourd'hui.
- Je dois lui poser mon tube maintenant, insiste la maîtresse avec un regard sombre posé sur son amant.
- Que vas-tu faire papa? demande Sarina.
- Comme toujours, la chose la plus raisonnable pour chacun, un compromis stupide qui en fin de compte ne conviendra à personne. Je ne suis pas un exemple à suivre Sarina.
- Allez, on y va, on ne va pas se mettre en retard dit Liliane.
- J'accepte le tube, dis-je, mais vous devez nous compenser la perte de l'affaire Spyros. Je fais le cobaye pour vous, mais nous voulons être payés. N'est-ce pas Liliane?
- Oui, dit-elle et après quelques secondes de réflexion, nous voulons très exactement 425000 frs et bien entendu tous les soins gratuits. C'est ce que nous perdons.

- Je ne garantis pas que le tube va marcher, c'est tout à fait expérimental, dit la maîtresse du propriétaire du CHUV. De toute manière Cagliari est fermé et vous êtes déjà en retard.

Liliane s'est écartée du groupe, elle est au téléphone, certainement avec Spyros, je le devine aux mouvements de son corps et aux tonalités de sa voix. C'est curieux comme sa voix et ses expressions s'adaptent à l'interlocuteur au bout du fil.
On me conduit dans une petite salle attenante et je m'allonge. Mon costume de soirée a disparu. La maîtresse a le triomphe sur son visage, elle a eu raison et peut faire son expérience, les coûts ne la soucient guère. Debout devant moi, elle dispose la colle rapide, de la cyanolite spéciale, sur toute la longueur du tube. Elle se penche ensuite sur moi. Dans une main la seringue d'anesthésiant, dans l'autre le tube noir duquel coulent quelques gouttes de cyanolite. Son regard est plongé dans le mien, son visage est tout proche et je parviens à reconnaître son type de folie, elle veut la victoire, toujours, quel que soit le prix pour elle ou pour les autres. À cette distance rapprochée, c'est une belle femme. Sans rien dire et tout en me fixant dans les yeux, elle me pique dans la gorge, puis d'un geste rapide et précis, après avoir lâché la seringue, renverse ma tête en arrière et m'enfile le tube noir tout entier par une narine. Malgré la piqûre, la douleur est insupportable. Je suis paralysé. La main à la seringue me tient toujours la tête fermement renversée, la main au tube noir me couvre le nez et la bouche comme un bâillon. Je ne puis ni crier ni respirer. La cyanolite me brûle la gorge et des spasmes de renvois tentent en vain d'expulser cet objet étranger qui se colle dans ma trachée et mes poumons. Mais, au bout de quelques minutes déjà, la maîtresse relâche ses étreintes, je sens que je peux respirer. L'air passe bien mieux qu'avant et je ne tousse plus. Cette femme dont j'ai repéré que rien ne l'arrêterait pour atteindre ses buts, cette

femme avait peut-être réussi. Tous les prochains patients seraient équipés de tubes noirs.

Sarina me sourit, et me prend la main.

> - Repose-toi maintenant, nous allons dîner avec Liliane. Elle signe juste des documents et nous partons.

Est-ce bien raisonnable?

Chapitre 18 : Le film de l'opération est sur YouTube

Je crois que c'est Valérie qui m'a prévenu en premier :

- Ton opération est sur internet, il y a la version complète de 8 heures et une version Best Of d'un peu plus d'une heure.
- Comment cela ?
- Il y a un groupe de pirates informatiques qui fouillent dans le système du CHUV et postent sur YouTube les choses qu'ils trouvent intéressantes. Le site se nomme VidéoCHUV. D'après Thierry, tu es la troisième opération cardiaque qu'ils réussissent à dérober.

Je regarde quelques extraits de l'opération. On y voit le Dr B, instruments chirurgicaux à la main, téléphone portable coincé entre son épaule et son oreille gauche. Il parle de manière excitée un arabe incompréhensible. Son assistante le rejoint, un bref échange s'en suit suite auquel le Dr B. lui montre la sortie en vociférant.
Dans un autre passage, Liliane est présente et elle crie :

- Vous ne pouvez pas le laisser comme cela !

Mon ventre est ouvert du cou au pénis, il y a du sang partout. Au fond de l'image, on reconnaît le Dr B de dos. Il parle encore longuement au téléphone.

Je renonce à regarder la suite.

Je ne suis certainement pas le plus malheureux des patients dans cette pièce de cardiologie.

Trois lits me font face. Le patient de droite attend de pouvoir bénéficier d'une greffe cardiaque, c'est son dernier espoir et dans quelques semaines, cela sera trop tard. Il est perpétuellement branché à une pompe dont sa vie dépend. Le patient de gauche a subi une intervention sur ses valves cardiaques. Un virus venu de sa bouche les a endommagées. Quant au patient du milieu, il est sorti se promener.

Des ouvriers pénètrent dans la pièce. Ils fixent au-dessus de chaque lit des panneaux énormes qui pendent maintenant au-dessus de la tête des malades allongés.

Ce sont des panneaux publicitaires qui vantent le succès de l'intervention du CHUV sur chacun des patients. Un peu comme les plaquettes que l'on trouve accrochées au grillage des cages des animaux au Jardin zoologique. Mais bien plus grands, bien plus visibles et publicitaires.

Voilà que maintenant une plaquette est aussi accrochée au-dessus de mon lit. On peut y lire:

«Homo sapiens sapiens. Type Caucase commun. Taille 172. Livré au CHUV début décembre 2015 dans un état désespéré. (en lettres grasses). Pneumonie, insuffisance cardiaque. Arythmie...

Après une intervention rapide suivant le protocole breveté CHUV (copyright CHUV 2015) utilisant un savoir-faire propriétaire, ce patient a été temporairement ramené à la vie. Il bénéficie maintenant d'un traitement médicamenteux CHUV ainsi que des boissons énergisantes Nestlé.»

Ah! Voilà donc ce qui m'est arrivé! Je voyais les choses différemment.

Les ouvriers installent ensuite derrière chaque lit un petit écran. Y défilent les différentes phases de l'intervention qu'ils ont subie.

Puisque VidéoCHUV diffuse en tous les cas autant en profiter pour faire de la pub! Les infirmières regardent un peu ébahies ces nouvelles installations. J'entends dire que les journées portes ouvertes vont bientôt commencer.
Voilà que le patient du milieu revient de sa promenade. Il appelle, il crie, il demande que l'on retire tout cela tout de suite! Les infirmières essayent de le calmer, lui demandent de s'allonger. Évidemment sa tension et son rythme cardiaque grimpent. Mais il ne s'arrête pas de protester.
Le responsable de la salle a appelé l'un des avocats du CHUV qui arrive accompagné d'un officier du service d'ordre patient en uniforme.

- Mais vous avez signé cette autorisation, monsieur. Vous nous avez cédé tous les droits d'exploiter l'image et l'information qui résulterait de l'intervention cardiaque que nous avons opérée.
- Si vous ne nous aviez pas cédé ces droits nous aurions soit renoncé à intervenir, soit nous aurions du doubler nos prix, ce que votre assurance refuserait en tous les cas.
- Autant dire que vous avez signé dans votre propre intérêt! Peut-être un peu sous la pression de votre assurance. Regardez, j'ai tous les documents ici. Vous les avez lus puisque vous les avez signés!

Le patient continu à hurler, subrepticement un infirmier lui fait une piqûre. L'effet est très rapide. Il se calme et est allongé sur son lit.

- Il faudra le retirer d'ici celui-là! Il n'est pas bon pour les journées portes ouvertes.

Chapitre 19 : Apprendre à boire.

Depuis mon lit, je perçois M. X dans sa machine. Le rideau blanc est ouvert. Sa cabine (la 15) possède une fenêtre au travers de laquelle je peux voir qu'il pleut abondamment sur Lausanne. J'ai à nouveau la bouche extrêmement sèche. Je rêve d'un coton-tige. J'essaye de me manifester. Soudain une infirmière arrive vers moi souriante, je la reconnais et je l'aime bien. Je l'ai souvent entendu discuter avec sa copine, elles sont toutes les deux Françaises et habitent la rive opposée du Lac. Elles ne savaient pas que j'écoutais et me croyaient plus profondément dans le coma que je ne l'étais vraiment.
Ces filles ont un énorme courage, elles quittent leur domicile aux aurores pour attraper le premier bateau et rentrent avec le dernier, l'une d'elles a quatre enfants.

- C'est grâce à ce job en Suisse que j'ai pu me permettre une famille nombreuse et aussi grâce aux allocations françaises.
- Travailler en Suisse, vivre et dépenser en France, c'est la situation idéale, mais c'est éprouvant.

C'est elle qui s'approche. Elle comprend que ma bouche est sèche et me passe immédiatement un coton-tige sur les gencives.

- Avez-vous déjà appris à avaler? me demande-t-elle.

- Je vais vous expliquer comment faire, bien qu'il faudrait normalement encore attendre un peu, vous êtes encore faible. Je sais que vous ferez les choses bien. L'idée c'est qu'il ne faut pas risquer de vous noyer avec une cuillère d'eau! Il faut que l'eau descende du bon côté et ne finisse pas dans vos poumons.

Je comprends qu'il me faut contrôler la manière dont l'eau s'écoule. Alors patiemment elle m'apprend à mettre l'eau dans un coin de ma bouche et à me pencher bien en avant au moment d'avaler[14].

- On y va?

On commence par une petite cuillère d'eau plate qui ne contient pas plus que quelques gouttes.
Au moment où elle m'introduit la cuillère dans la bouche, je me rends compte que la partie inférieure de ma tête est faite de plastique ou de plexiglas transparent. Ma mâchoire est transparente, ma langue est transparente, mon palais est transparent ainsi que les gencives. Quant aux dents, elles ont été remplacées par des petits morceaux de plastique blanchâtre accrochés à un fil de fer.
Cela ne me soucie guère sur le moment. Je me dis qu'ils me remettront ma vraie mandibule plus tard. J'avais déjà observé que d'autres parties de mon corps étaient faites dans ce plastique transparent: le ventre, l'anus... Cela me permettait de voir ce qui s'y passait... Sans jamais me poser de questions sur comment je faisais pour voir!

---

[14] Même sur le moment, ce mouvement me sembla absurde, mais c'est ce qu'on me demandait et c'est ce que je fis avec succès.

En peu de temps j'arrive à prendre une gorgée d'eau même gazeuse avec un verre et cela me semble l'un des plus grands bonheurs que l'on puisse imaginer!

L'infirmière française est fière de moi. Elle me tend un verre avec un petit peu d'eau pétillante, cette fois. Je réussis à le boire, à me rincer la bouche en plastique et en me penchant en avant à avaler convenablement. Un véritable exploit!

Elle fait ma toilette et m'installe sur une chaise. C'est une des premières fois que je sors du lit depuis l'opération. Elle appelle ses deux collègues de la cabine 15 pour constater la rapidité de mon apprentissage.

Je lui suis tellement reconnaissant.

Reconnaissant pour sa bonne volonté, son courage et sa détermination à m'aider à progresser. Cela serait tellement plus simple pour elle de rester là et juste attendre que je demande quelque chose. Non, elle me tire en avant, elle m'encourage, elle me motive, me fais espérer.

Les deux collègues de la 15 arrivent. La femme de M. X crie.

- C'est scandaleux d'abandonner mon mari. J'exige de parler immédiatement au Dr B., tout de suite.

Dr B. est appelé; dès son arrivée les trois infirmières profitent de l'occasion pour partir à leur pause déjeuner.

Dr B. est terriblement mal à l'aise, il va-et-vient dans la cellule 15 sans même remarquer que le rideau est ouvert, ni que je suis assis sur mon fauteuil en train d'écouter ce qui se dit.

M. X. est en train de rappeler au docteur B la teneur de leur dernière conversation et les engagements que B a pris. Et voilà que les deux infirmières s'absentent toutes les deux pour assister un patient dans la cellule d'à côté. C'est tout bonnement inadmissible. La réputation du CHUV est surfaite et il va le faire savoir.

B. remarque alors que le rideau est ouvert et que je suis sur ma chaise en train d'écouter. Avant qu'il n'ait fini de tirer le rideau, je réussis à croiser son regard, le regard de celui qui m'avait sacrifié, charcuté, laissé pour mort, la poitrine ouverte.
Ce que je lis alors dans ce regard, ce qui s'y cache, ce n'est nullement de la cruauté, c'est tout simplement de la peur.

Les cris ont repris de plus belle dans la cellule 15.
Plus tard, lorsque les infirmières reviennent, elles trouvent la cellule vide et la machine arrêtée.
Mr X a disparu.

Chapitre 20 : Enlevé par l'infirmière

Je me réveille, ou je resurgis à la conscience dans une salle de la gare souterraine du CHUV. J'ai déjà plusieurs fois emprunté ces trains blancs et rouges avec le logo CHUV pour me rendre à l'EPFL, à Paris ou à l'aéroport. Ici, nous sommes au terminus. Je suis allongé sur mon lit et je souffre horriblement, j'ai absolument besoin de morphine. À quelques mètres sur le quai, Liliane est en train de discuter avec le propriétaire du CHUV et surtout avec sa maîtresse.

Depuis où je suis je ne perçois pas toute la conversation, mais j'entends bien qu'elle est animée. Une infirmière est au chevet de mon lit, elle attend que la conversation soit terminée.

- On avait convenu 425000 francs et les soins gratuits, disait Liliane, j'ai votre document signé. C'est moins que ce que nous avons perdu en ratant le rendez-vous de Cagliari.

Le groupe s'est rapproché et j'entends mieux la conversation.

- Oui, oui, c'était en cas de réussite du traitement, mais vous pouvez voir vous-même, le traitement à échoué, répondit la maîtresse en pointant du doigt dans ma direction. Voyez, il souffre et il tousse comme avant! Ça n'a pas marché.
- Dommage pour nous tous, mais ce qui est dû est dû, je vous rappelle tout ce que nous avons perdu pour nous

prêter à vos expériences et prendre un risque qui aurait pu encore plus mal tourner. Nous avons assumé. Il vous faut payer l'indemnité et ne soyez pas de mauvaise fois en rajoutant après coup des conditions dont il n'a jamais été question.

Le propriétaire du CHUV avait l'air lui extrêmement gêné de la tournure que prenait la discussion. (Une rivalité féminine, la pire). Il ne voulait pas prendre le risque d'intervenir. Il connaissait trop bien sa maîtresse et son caractère, elle le lui ferait payer cher s'il ne l'appuyait pas totalement.
Je me mis à gémir pour indiquer à l'infirmière que j'étais dans la souffrance et qu'il me fallait de l'aide. Visiblement, elle ne voulait pas agir sans l'autorisation préalable du propriétaire. La situation était coincée et moi je n'avais plus la force même de parler.

Je me retrouve allongé sur la banquette arrière en cuir rouge délavé d'une ancienne limousine des années 30 ou 40. Nous filons à toute allure sur une route de montagne. La nuit est tombée. Je vois le cône de lumière que tracent les phares à l'avant de la voiture ainsi que des masses noires de blocs de rochers. C'est l'infirmière qui est au volant. Je distingue son bonnet d'infirmière à l'ancienne, elle s'incline à chaque tournant, comme si elle conduisait une moto plutôt qu'une limousine. Les pneus crissent à chaque virage. Je me sens comme dans une aventure de Tintin. Je suis secoué de tous les côtés. Mes douleurs ont disparu, mais je me sens extrêmement fatigué. J'aurais voulu poser une question, mais je n'y arrive simplement pas. Je ferme les yeux et distingue une plaque avec le logo du CHUV qui décore le cuir du siège devant moi. Quelle organisation tentaculaire, me dis-je !
Je m'éveille à nouveau, sur un bateau cette fois, un navire ancien, mais repeint à neuf. Nous naviguons sur le lac. Je suis

seul. Je parcours les couloirs, ouvre les portes des chambres jusqu'à ce que finalement au poste de commande du bateau je retrouve l'infirmière. Elle manœuvre un grand timon en bois, à l'ancienne. Elle me sourit.

- J'ai dû vous enlever, cette discussion n'en finissait pas et si je vous avais soigné devant cette furie de maîtresse, qui sait ce que cela aurait produit. Nous sommes sur la dernière acquisition du CHUV. Un magnifique navire de la fin du 19e, entièrement repeint et remis à neuf. C'est le 14e bateau de la flotte CHUV. Je sais ce que vous pensez: pourquoi a-t-il besoin d'écouter cette fille? Vous devriez le savoir, les hommes sont comme cela, ils se soumettent, par crainte, pour faire plaisir, ils se détruisent eux même. Ils sont d'une incroyable faiblesse face à la femme aimée. Comment réussit-elle à gagner une telle emprise, à s'imposer comme l'unique femme qui puisse le satisfaire? Et une fois qu'elle est en place, elle ne va pas lâcher prise.
- Détrompez-vous, nous ne sommes pas toutes comme cela!

Je me sens reconnaissant envers Aïda, c'est le nom de l'infirmière, elle m'a sorti d'une sale situation. Elle me fait découvrir les dessous de l'entreprise CHUV, la collection de bateaux anciens, tous repeints à neuf.

Chapitre 21 : Sur la Gondole

Cela doit faire un petit moment que je suis mort, mais cela ne me gène pas, j'ai accepté qu'il n'y eût plus rien à faire pour me ramener à la vie.
En ce moment je navigue sur une mer totalement calme à bord d'une grande gondole noire avec quelques coussins rouges. C'est la nuit. Devant, une série de colonnes éclairées d'une lumière orangée un peu oscillante sortent de l'eau formant à une centaine de mètres, un large arc de cercle. Ces lueurs se reflètent dans l'eau, éclairant le bleu nuit de la mer. Quelques algues affleurent à la surface formant des taches d'un vert intense. Le paysage est grandiose, magnifique, mi-grec, mi-vénitien. Tout est calme, tout est paisible, d'une paix qui dépasse tout ce que l'on peut imaginer sur la planète terre.
Je ne pourrais franchir la limite de ces colonnes avant d'avoir tout mis en place. Le calme ne suffit pas, il faut aussi l'ordre. Cela ne m'inquiète pas, je n'ai que cela à faire et cela me passionne de le faire. La difficulté c'est lorsqu'on est conduit à faire ce que l'on ne veut pas, ou ce qui ne nous passionne pas. Ici il n'y pas de cela. Mais il faut du courage, le courage, le seul, celui de faire face, de regarder ce que j'ai fait et de regarder pourquoi je l'ai fait. Rien ne demande plus de courage que de faire face, d'abandonner toute illusion et de se nettoyer.
J'ai tout laissé dans une telle pagaille là-bas. J'aurais tant voulu pouvoir mettre un peu d'ordre et d'harmonie avant de partir, je

n'ai pas su le faire ou alors je ne savais pas vraiment que je pouvais mourir.

Il me semblait que j'avais encore des choses à dire et à penser, mais non, tout était fait, rien de plus n'existait en moi là-bas.

L'image du jeune Évariste Galois me vint à l'esprit. Lui, qui la veille d'une mort en duel qu'il savait certaine, mit sur papier quelques pages qui allaient révolutionner les mathématiques et fonder l'algèbre moderne. Il avait vraiment quelque chose à dire.

Oui, c'est bien cela, peu d'entre nous savent qu'ils peuvent mourir et les milliards d'exemples n'y changent rien. Nous le savons en théorie, mais au fond de notre cœur ce n'est pas le cas. Même une fois mort nous n'y croyons pas, cela reste une illusion.

Peut-être que finalement nous ne mourrons jamais, peut-être que ce mot est surfait, nous devrions dire: nous transitons. Mais j'aurais quand même pu mettre un peu d'ordre dans cette pagaille.

Il me vint à l'idée: rien ne se fait à partir de l'ordre. La création ne se fait que si on est loin de l'équilibre et la stabilité de l'ordre. Il vaut mieux laisser les choses un peu en désordre...

Tout en méditant, je flottais délicatement sur ma gondole, je ressentais ma mort comme une libération. Ma pensée était totalement libre. Je n'avais rien à prouver à personne, j'étais mort. Je n'avais plus à faire plaisir à qui que cela soit, j'étais parvenu au niveau d'intelligence suprême, je connaissais ce qu'aucun vivant n'avait jamais connu: ce que c'est que d'être mort. J'avais la réponse à la plus grande question que l'humanité se pose depuis toujours. Je n'avais plus besoin de me laisser guider par des croyances, je n'avais plus besoin de croire, j'étais mort et je savais. Plus de faire semblant de savoir, plus de simulacre de croyance.

J'ai quand même réussi de mon vivant à tout rater: des malheurs, des divorces, des incompétences, des injustices. En 70 ans, j'avais vraiment sévi sur la planète terre, j'en avais

provoqué des catastrophes, des désillusions et des larmes. J'en avais trahi des pensées, des engagements, des amis et des amantes. J'avais bien raté mon passage sur la terre.
Ma gondole avait dérivé et s'approchait maintenant de l'une des colonnes. Elle se dressait majestueuse devant moi. À ce moment une voix me parvint de l'intérieur avec un sourire:

- Mais non, tu as réussi ta vie.
- Qui es-tu? Comment peux-tu dire cela?
- Je t'ai vu réussir.
- Comment donc.
- Réussir, c'est le résultat final, à la dernière minute, à la dernière seconde, ce ne sont pas tous les apprentissages que nous faisons en chemin. Les derniers gestes sont le résultat de toute une vie. C'est par eux qu'au moment de mourir tout se résume.
- Et alors?
- Réussir sa vie, c'est au moment de mourir, d'avoir une personne qui vous tient la main. Une personne à qui vous faites confiance et qui vous tient la main pour montrer qu'elle est là pour vous. Et toi je t'ai vu, elle te tenait la main et je l'ai senti, tu lui faisais totale confiance. Alors je te dis que tu as réussi ta vie.

La Gondole frémit, une très légère brise s'est levée, le reflet des colonnes sur l'eau se brouille.
La vie est en plusieurs actes.
Une fois sur la Gondole on réalise où étaient enfouies les choses vraiment importantes.
J'ai pensé à elle. Elle était là et l'instant d'après elle était assise sur le bord de mon lit, je pouvais la voir émerger de l'eau frémissante. L'infirmière allait bientôt arriver avec mes soins du soir.

Chapitre 22 : La visite de Paul

Ce soir, je suis transféré dans cette nouvelle salle: la salle des soins continus. Je suis d'humeur fort méchante. Un nouveau personnel, de nouvelles infirmières. Je viens d'un endroit où je bénéficiais d'un traitement de pointe pour tomber ici dans un endroit pépère avec des habitudes du 19e siècle.
Je demande à boire, ma bouche est sèche. On me répond que je ne suis pas encore autorisé à boire, il faudra quelques jours pour m'apprendre comment faire. On me propose en lieu et place un coton-tige. Quel affront! J'essaye d'expliquer que l'on m'a déjà appris à boire au sous-sol, même de l'eau gazeuse au verre.
Qui donc sont ces apprenties infirmières qui me refusent un délicieux verre d'Henniez verte gazeuse? Et elles font cela soi-disant pour mon bien.

- Vous devez garder votre tuyau d'oxygène dans le nez.

Encore pour mon bien! En bas, je le mettais et l'enlevais quand je voulais. Ici, ces infirmières veulent jouer de leur autorité, pour mon bien!

- J'attends une visite, je remettrais mes tuyaux plus tard!

- Ce n'est pas possible, dit-elle en replaçant le tuyau sous mon nez.

Dans quel traquenard suis-je donc tombé ici? Quelle incompétence, incroyable! J'étais bien mieux aux soins intensifs, dans la cabine 14. Ici, je ne vois aucun espoir de guérir. Les visages des patients en face de moi m'ont l'air bien sombres. Les corps sont allongés là, chacun dans son lit, comme s'ils y avaient été depuis toujours et destinés à y rester à jamais.

Heureusement, Liliane va arriver avec le petit Paul, elle va pouvoir m'arranger cela. Elle va leur expliquer que je sais boire. Elle va faire monter l'infirmière française qui leur dira que j'apprends vite.

J'ai renoncé à parler aux infirmières, je garde les yeux rivés sur ce que je pense être l'entrée de la salle. Voilà Liliane et Paul qui arrivent. Ils se donnent la main et sont en train de discuter. Je sais ce qu'elle lui dit: elle le rassure et le met en garde de ne pas s'effrayer s'il trouve que j'ai mauvaise mine. À six ans, il pourrait prendre peur en voyant tous ces tuyaux qui sortent de mon corps. Je ne les vois plus. De nombreux rideaux bleus suspendus à des rails au plafond pendent dans la salle. Ils servaient à isoler les patients et à leur fournir par moment un peu d'intimité.

Voilà Liliane qui discute avec une infirmière. Elle se penche vers Paul, lui parle et pointe sa main dans ma direction.

Paul s'avance, je le vois jouer avec un rideau qui isole mon lit. Son visage apparaît et disparaît. Il est devenu extrêmement timide, ou pudique, ou alors il veut jouer. Paul joue toujours, son cerveau ne peut pas arrêter de jouer, de tester, d'éprouver, de repérer les contradictions et les incohérences. Il joue avec tout, avec les objets, avec les gens, avec les mots, avec les situations et avec les rideaux bleus.

Paul aime lire, il est venu un livre sur les animaux à la main! Peut-être veut-il me poser une question ou alors me montrer quelque chose. Un enfant qui aime lire voudra nécessairement plus tard explorer des territoires lointains.
Il joue, c'est certainement pour me montrer qu'il est content de me voir. Car Paul a un grand cœur et c'est son cœur qui guide son cerveau. Et je sais que cela ne changera pas en grandissant. J'avais déjà senti que seule la vérité l'intéresse. J'ai les yeux fermés maintenant, le petit Paul est tout près.
Liliane ne s'approche pas, elle sait que j'ai besoin de cette jeunesse, de ce recommencement, de cette incroyable beauté de l'intelligence et elle veut me l'offrir ici, maintenant que je suis si mal. C'est pour cela qu'elle a amené Paul, pour m'encourager à recommencer. À replonger dans l'arène folle de l'absurdité quotidienne. La jeunesse est la seule porte d'entrée possible. L'âge avancé donne plutôt l'envie de passer à autre chose.
Merci à Paul d'être venu.

Un mois plus tard:

- Le jour où tu es venue me rendre visite avec Paul…
- Je ne t'ai jamais amené Paul…
- Mais si, il avait pris le livre que tu lui as offert sur les animaux et il m'a lu un passage…

Comment donc a-t-elle pu oublier?

Chapitre 23 : Mes amis romains

J'ai enfin eu des nouvelles de Rome. Giuseppe et Bruno veulent venir me rencontrer au CHUV. En fait, le réseau d'information du CHUV s'étend jusque dans la capitale italienne d'où ils sont capables de surveiller ma maladie et m'administrer les soins nécessaires. Ce CHUV est décidément une organisation tentaculaire.

Ce matin, une infirmière m'a rendu mon téléphone portable. Il est tellement lourd que je n'arrive pas à le porter, je ne sais non plus pas quoi faire pour le charger. Heureusement, Valérie qui vient tout à l'heure va pouvoir s'en occuper.

Je suis sur une longue avenue toute droite pas loin de la mer. De part et d'autre des entreprises vendent des statues, des pierres, du granit dans une atmosphère détendue et sous un soleil estival.

Giuseppe et Bruno sont en train de boire un café dans un jardin sous une tonnelle. Ils se lèvent pour m'accueillir.

- Tu vois, dit Giuseppe en italien, toute la fortune a été convertie en œuvres d'art et en sculptures anciennes. Nous essayons de vendre, mais cela n'est pas facile en ce moment. Cela semblait pourtant une bonne affaire d'acheter ces collections, personne ne pouvait prévoir.
- Giuseppe a raison, dit Bruno, c'était imprévisible. Mais je suis certain qu'en Suisse tu pourras les vendre. En Italie, ce n'est pas possible.

Je m'attendais à ce genre de discours, à l'italienne. Tout est passé dans les œuvres d'art. Les Allemands auraient acheté de l'or, même à perte. Pas des œuvres d'art, voyons. Ils auraient pu m'en parler avant ou répartir leurs investissements!

Je ne tiens plus sur mes jambes, douleurs et déception de cette situation à l'italienne. Je prends Giuseppe à part, nous nous éloignons de la tonnelle et des chaises longues où se trouve Bruno:

- La situation est sérieuse, je ne sais pas si je vais guérir et j'aimerais être sûr que tu prendras soin de tous et tiendra Liliane au courant de ce qui se passe!
- Non preoccuparti, tutto andra bene …

Je rentre dans la demeure, la pièce est sombre, les volets sont abaissés comme par une belle journée d'été. Il faut que je puisse m'étendre et prendre un peu de repos. Sur une commode Louis XV, une élégante statuette en bronze reflète curieusement le peu de lumière qui lui parvient. Elle m'a l'air ancienne et dans cette pénombre je la trouve magnifique. Je m'approche d'elle et j'ai l'idée que je devrais l'emporter, soit comme échantillon de ce qui est à vendre, soit pour l'offrir à Liliane.
Je m'en empare, me dirige vers le canapé et m'allonge, la statuette posée sur la poitrine. Peu de temps après me voilà plongé dans le sommeil.
C'est l'heure des soins me dit l'infirmière qui vient de tirer le rideau de séparation. J'ouvre les yeux, j'ai toujours la statuette posée sur moi. Je la regarde de plus près, elle est magnifique, ce corps élancé, drapé d'un voile romain.
La tête est celle du Dr B.

Chapitre 24 : La succursale du CHUV est inondée

J'ai passé la nuit dans la succursale de montagne de la salle de soins continus. Il s'agit d'une grande tente installée en altitude. Les inondations de la nuit ont causé un grand nombre de dégâts à ces installations et il n'est plus possible de laisser les malades y habiter. C'est un branle-bas de combat pour évacuer tout le monde vers Lausanne tout en faisant un minimum de toilettes aux patients et en servant les plateaux de petit déjeuner.

Je suis installé sur une chaise roulante et ensuite poussé sur le parking attenant à la succursale.

Elle s'approche de moi, grande, fine, un visage assombri ou plutôt éclairé par une certaine tristesse dans le regard. Un regard entre le bleu, le gris et le vert. J'ai déjà vu cette femme, elle m'émeut, je l'imagine la peau infiniment douce et lisse, la sincérité totale et la gentillesse sans limites. Elle pourrait tout demander, mais ne demandera rien.

C'est elle, je me rappelle maintenant, qui fait de la publicité explicative pour la Suisse.

Pour chaque réalisation suisse, un petit dépliant explique le problème qui s'est posé et la solution que la Suisse y a apportée. Quelques lignes de texte et une photo explicative. Elle est mannequin, c'est elle qui montre ces réalisations et les explique.

Je sens maintenant sa présence juste derrière ma chaise roulante.

- Bonjour, me dit-elle
- Bonjour mademoiselle
- On va essayer de faire votre toilette, cela ne va pas être facile avec ce froid et cette altitude.

J'appris qu'elle était française et qu'elle avait eu la chance de décrocher ce mandat de promotion des réalisations suisses.

- Voyez me dit-elle, ce que j'aime avec la Suisse, c'est qu'ils font face aux problèmes, ils ne laissent pas traîner, ils apportent une solution et la construise sans attendre. En France on discute beaucoup et on espère que les choses vont se régler toute seule.
- Mais vous êtes aussi infirmière.
- Oui, le mannequinat n'est pas assez régulier.

Je trouve son visage d'une incroyable beauté, ses gestes d'une grande douceur et toute sa manière de se mouvoir incroyablement élégante, simple et sans sophistication. Je ne sais pas comment en quelques minutes ma toilette est faite. La Suisse n'aurait certainement pas pu trouver une plus belle Française pour la représenter.
Elle reviendra plusieurs fois dans différentes scènes délirantes.
Pour lors, elle a repoussé ma chaise à l'intérieur de la tente CHUV, ou de nombreux ouvriers sont au travail pour réparer les fuites, les dégâts d'eau, l'électricité et le système d'information.
Je n'ai pas été ramené à Lausanne, car j'ai droit aujourd'hui à mon premier jour de congé, et Liliane vient me chercher directement à la montagne.
Le chargement de ma chaise roulante dans sa voiture de sport va certainement poser des problèmes, mais je me sens si

heureux de rentrer avec elle à la maison. J'ai l'impression de m'être absenté pendant des mois.

Je suis donc assis sur ma chaise dans la grande salle de la tente lorsque je vois arriver Pierre (un vieil ami). J'ai de la peine à le reconnaître. Lui ne me voit, semble-t-il, pas. Il parle avec un ouvrier qu'il prend pour un médecin. Une infirmière intervient et Pierre demande à rencontrer la doctoresse Alexander, la même qui avait (ou aurait dû avoir) rendez-vous avec Georges. Sa voix ressemble à un sifflement, comme si son souffle passait par un étranglement extrêmement étroit avant de sortir de sa bouche. Ce qu'il dit est à peu près incompréhensible.

Le tabac, pensais-je, il a trop fumé. Cela me fait beaucoup de peine de le voir comme cela.

J'aperçois Liliane qui arrive. Elle discute avec un technicien sur la manière de descendre ma chaise et l'installer dans la voiture. Soudain elle réalise que Pierre est là, se dirige vers lui, le fait asseoir et après avoir échangé quelques mots, par un téléphone interne appelle la doctoresse Alexander.

Elle s'est occupée de Pierre.

Je lui fais à nouveau signe, mais il ne me voit toujours pas.

Nous sommes dans la voiture en train de rouler vers la maison. Nous discutons du cas de Pierre et de combien la vie peut-être traître.

Je pense que j'ai une chance énorme.

Chapitre 25 : Agriculture brésilienne

Danièle a rejoint Miguel et Liliane dans la campagne brésilienne. Curieux, je ne pensais pas que cela pouvait l'intéresser, je voyais Danièle moins aventureuse que cela.
La crise s'est abattue sur le pays, plus question d'y faire de la recherche fondamentale, il faut produire de quoi manger. Miguel s'est installé dans une région tropicale, mais montagneuse. Il a mis au point un système de semences par drones qui fonctionne bien. Cependant, la durée de vol des Drones est insuffisante et la production est inférieure à ses attentes.
Miguel parlait souvent à Liliane pour lui demander de mes nouvelles et ces discussions ont continué après ma mort. Équipée de la philosophie de Thierry, Liliane fut active et opérationnelle sans délai. C'est elle qui proposa à Miguel de trouver des batteries Lithium polymère plus puissantes sachant que je m'y entendais, avant ma mort, en piles au lithium, en regardant dans mes affaires elle a pu lui fournir toutes les informations.
Danièle fait la navette entre la Suisse et le Brésil pour amener des échantillons et des prototypes. Aujourd'hui on va procéder aux essais finaux. Une centaine de drones sont reliés par radio à l'ordinateur central installé par Miguel. Sur son signal, 600 petits moteurs électriques se mettent en marche et les 100 drones s'élèvent dans le ciel de manière coordonnée. Arrivés au-dessus du premier champ les 100 drones se mettent en ligne, couvrant précisément la largeur du champ et avancent en semant leurs graines de manière régulière.

Une fois le travail terminé, les drones se regroupent, dansent dans le ciel comme un ruban de majorette, dessinent un grand cœur puis rentrent se poser automatiquement.
C'est un triomphe pour la technologie de Miguel.
J'ai vu tout cela, je ne sais pas où je suis, ni même si je suis, mais j'ai vu les efforts des uns et des autres et j'ai tremblé pour la réussite du vol d'essai final. Je leur ai envoyé à tous un énorme bravo et des baisers de félicitations.

Chapitre 26 : Construire l'Histoire

Je suis dans le jardin de Valérie dans un coin en contrebas et un peu retiré. Je peux cependant assez bien entendre les conversations du groupe de personnes qui prennent l'apéritif devant la porte d'entrée de la maison. Toute ma famille est là, enfin, les vivants.

La différence entre eux et moi est que je suis mort. Et j'ai une mission à effectuer, une mission indispensable, ma participation à la construction de l'Histoire. Pas une petite histoire, il s'agit là de ma contribution à l'Histoire de l'humanité.

J'ai le droit (et l'obligation) de coller 12 photos sur le mur translucide de l'Histoire qui serpente devant moi, et, si personne, aucune autre personne décédée ne les arrache, elles finiront par faire partie de l'Histoire humaine. Quant aux photos, elles sont très simples à produire, je les tire de ma mémoire et elles arrivent dans mes mains, prêtes à être affichées. J'ai aussi le droit de supprimer du mur 6 photos que j'estime incorrectes ou falsifiant la vérité ou honteuses ou... Ce rituel est nécessaire pour pouvoir s'enfoncer dans la mort et s'éloigner de la vie terrestre.

C'est ainsi, au fur et à mesure que les hommes meurent, le mur avance et se construit, chacun amenant 12 images dont, s'il ne fait pas attention à ses choix, il pourrait bien n'en rester aucune. La contribution moyenne nette de chaque humain à l'Histoire de l'humanité est de 6 images, mais une contribution individuelle peut varier de 0 à 12 images en fin de compte. J'ai, par curiosité, été voir quelle avait été la contribution de personnages célèbres comme Napoléon. Sa contribution au mur s'est avérée être nulle. L'Histoire ne l'a pas retenu. Pas une seule de ses images n'est restée.

Je repense à différentes scènes de ma vie. Que vaut-il vraiment la peine d'afficher sur le mur de l'Histoire? J'élimine une scène après l'autre. N'aurais-je rien fait dans ma vie que maintenant, maintenant que je suis mort et ne peux plus rien changer, maintenant, je voudrais afficher comme les souvenirs que l'Histoire conservera?

Je commence à paniquer, je commence à regretter d'être mort trop tôt. Je commence à avoir plein d'idées sur ce que je ferais si je pouvais revenir tout de suite à la vie. Je réalise que la plupart de mes victoires, du point de vue de la mort, ne sont pas des victoires, soit j'ai triché, soit elles ont été aux dépens d'un autre. Je réalise combien les excuses ou les prétextes ont rempli un rôle important dans le monde de la vie. Des paroles nous ont fait croire des histoires fausses, des paroles inventées par mesquinerie ou par manque de courage. L'ai-je fait par amour? L'ai-je fait par intérêt? Parfois, le mélange est si subtil.

De toute manière, me dis-je, les images dont le fond est la vanité, la domination, la victoire sur d'autres humains seront fatalement retirées.

Notre pensée rationnelle, guidée par le langage nous incite à séparer les choses et les évènements, comme sont séparés les mots dans une phrase, alors qu'ils ne le sont jamais. L'unité nous a échappé. Notre pensée rationnelle qui réduit les choses à leurs composants, en a perdu la nature profonde et globale. Elle ne s'intéresse plus qu'à la mécanique, qui selon elle domine tout.

Ici, il n'y a ni preuve, ni cause, ni raison qui vaille, ce sont ces choses, ces structures qui font l'absurde, ce sont elles, qui fracturent la plénitude.

Je suis sur mon lit dans la salle de soins continus du CHUV. J'ai refusé la mort. J'ai encore bien trop à faire ici: j'ai 12 images à collecter et tellement de morceaux à recoller.

Ce sur quoi je vais maintenant me concentrer va devenir ma réalité.

Postface

Je pourrais décrire de nombreuses autres scènes de ce qui a assurément été un mois trépidant d'activité cérébrale. Mais, mon propos n'est pas d'être exhaustif, mais d'illustrer le travail et l'imagination débridée dont fait preuve le cerveau humain lorsqu'il est «inconscient» ou que ses fonctions sont altérées par la narcose.
Je veux remercier tous ceux qui m'ont soutenu dans cette épreuve. Liliane et Valérie pour leur amour et leur présence permanente. Sarina et Sylvie pour leurs visites et leur tendresse, Jobel et Thierry pour leur indispensable appui. De nombreux autres amis qui m'ont témoigné leur affection pendant cette période et que je ne cite pas de peur d'en oublier.
Une pensée pour Ben et Paul qui m'ont soutenu.
Je veux tout particulièrement remercier les fantastiques infirmières de la salle des soins intensifs et de la salle des soins continus et Aïda en particulier. Le professeur Kirsch qui m'a opéré avec maîtrise et compétence et évidemment le Dr B.

Made in the USA
Charleston, SC
11 June 2016